CASA DE ENCONTROS

MARTIN AMIS

Casa de Encontros

Tradução
Rubens Figueiredo

COMPANHIA DAS LETRAS

Título original
House of Meetings

Capa
Angelo Venosa sobre ilustração de El Lissitzky para poema de Vladimir Mayakovsky, publicada no livro *Dlia golosa* (Berlim, 1923)

Imagem da quarta capa
Ilustração de El Lissitzky para o catálogo *Union der Sozialistischen Sowjet-Republiken: Katalog des Sowjet-Pavillons auf der Internationalen Presse-Ausstellung* (Colônia, 1928)

Preparação
Maria Cecília Caropreso

Revisão
Ana Maria Barbosa
Cláudia Cantarin

Dados Internacionais de Catalogação na Publicação (CIP)
(Câmara Brasileira do Livro, SP, Brasil)

Amis, Martin
Casa de Encontros / Martin Amis ; tradução Rubens Figueiredo. — São Paulo : Companhia das Letras, 2007.

Título original : House of Meetings
ISBN 978-85-359-1025-4

1. Ficção inglesa I. Título.

07-2635 CDD-823

Índice para catálogo sistemático:
1. Ficção : Literatura inglesa 823

[2007]
Todos os direitos desta edição reservados à
EDITORA SCHWARCZ LTDA.
Rua Bandeira Paulista 702 cj. 32
04532-002 — São Paulo — SP
Telefone (11) 3707-3500
Fax (11) 3707-3501
www.companhiadasletras.com.br

De novo, para minha mãe

Cara Vênus,

Se o que dizem for verdade e o meu país estiver morrendo, acho que posso lhes dizer por quê. Veja bem, menina, a consciência é um órgão vital e não um acessório, como as amígdalas e as adenóides.

Enquanto isso, dou meus parabéns. Você agora integra um considerável contingente de jovens — aqueles condenados a procurar interessados nas memórias de um parente mais velho. Porém não precisará ir muito longe: a Gagarin Press na rua Jones. Pergunte pelo sr. Nosrin. Não se preocupe: eu não vou seguir os passos daquele maluco embriagado sobre o qual nós lemos e que mandou maços e maços de seus manuscritos para um estúdio fotográfico que revelava fotos em uma hora. Nosrin já está a par do assunto (e tudo já foi pago). Além disso, ele é meu compatriota, portanto vai entender. Eu gostaria, por favor, de ter uma primeira tiragem de um único exemplar. Ele é seu.

Você vivia me perguntando por que eu não podia "me abrir", por que eu tinha tanta dificuldade em "me soltar" e "descontrair", e toda essa história. Bem, com um passado como o meu, a gente acaba vivendo para os interlúdios em que não fica pensando nisso — e o tempo que se passa falando sobre esse assunto não há de ser, obviamente, um desses interlúdios. Havia uma outra inibição, mais obscura: o temor francamente neurótico de que você não fosse acreditar em mim. Eu via você dar as costas, via você virar a cara e balançar lentamente a sua cabeça abaixada. E isso, por alguma razão, era uma perspectiva que eu não podia suportar. Eu disse que meu temor era neurótico, mas sei que ele é amplamente compartilhado por homens com histórias semelhantes. Neuroses compartilhadas, angústia compartilhada. Emoção em massa: vamos ter de voltar várias vezes ao tema da emoção em massa.

Quando reuni, pela primeira vez, os fatos à minha frente, palavras pretas sobre uma página branca, eu me vi como o protagonista de um pequeno amontoado informe de degradação e de horror. Assim, tentei dar à coisa um pouco de estrutura. Uma vez que consegui localizar alguma similaridade de forma e construção, passei a me sentir menos isolado e pude ter a sensação do auxílio de forças impessoais (de que eu precisava muito). A sugestão de unidade era, talvez, ilusória. A pátria é eternamente pródiga de antiiluminações, de epifanias negativas — mas não de unidade. Não existem unidades em meu país.

Na década de 1930, houve um minerador chamado Aleksei Stakhanov que, diziam alguns, desenterrou mais de cem toneladas de carvão — a cota era sete — num único turno. Daí o culto dos stakhanovitas, ou operários "de choque": enchem desfiladeiros ou arrasam montanhas, dragas e tratores de terraplanagem humanos. Os stakhanovitas muitas vezes eram fraudes óbvias; muitas vezes, também, eram enforcados por seu colegas, que detestavam as normas exageradas... Havia também escritores "de choque". Eram retirados das fábricas, aos milhares, e treinados para escrever propaganda sob o disfarce de prosa de ficção. Meu propósito é diferente, mas é melhor pensar em mim deste jeito — um escritor "de choque", que está contando a verdade.

A verdade será dolorosa para você. De novo eu me perturbei (uma ferida sutil, como um corte provocado por uma folha de papel) ao ver que a minha ação mais desonrosa foi perpetrada não no passado remoto, como quase todas as outras, mas já durante a sua vida, e apenas alguns meses antes de eu conhecer a sua mãe. O meu fantasma já espera a censura. Mas que ela seja pessoal, Vênus; que ela seja a sua censura, e não a do seu grupo ou a da sua ideologia. Sim, você ouviu bem, jovem senhora: a sua ideologia. Ah, é uma ideologia branda, concordo (a brandura é a sua idéia única). Ninguém vai se explodir e fazer o corpo em pedacinhos por causa dela.

A sua assimilação daquilo que fiz — isso será, de um jeito ou de outro, uma árdua tarefa para a sua coragem e generosidade. Mas acho que mesmo um retribucionista inflexível (o que você não é) ficaria razoavelmente feliz com a maneira como as coisas se encaminharam. Poderiam fazer-me a objeção, e eu não ia contestar, de que não mereci a sua mãe; e que não mereci ter você em casa durante quase vinte anos. Tampouco, agora, temo seriamente que você vá me excomungar da sua memória. Não creio que você fará isso. Porque você entende o que é ser um escravo.

Vênus, eu lamento que ainda esteja chateada por eu não ter deixado que você me levasse de carro até o aeroporto O'Hare. "É o que fazemos", disse você: "Levamos uns aos outros ao aeroporto, ou trazemos do aeroporto para casa". Você entende como isso é raro? Ninguém *mais faz isso, nem recém-casados. Tudo bem — foi egoísmo da minha parte recusar. Eu disse que era porque eu não queria me despedir de você num lugar público. Mas acho que o que me incomodava de verdade era a assimetria da situação. Você e eu, nós dois levamos um ao outro ao aeroporto, e trazemos um ao outro do aeroporto para casa. E eu não queria que houvesse um* levar *quando sabia que não haveria depois um* trazer.

Você está tão bem preparada quanto qualquer jovem ocidental poderia desejar, munida de uma boa dieta, de um seguro de saúde generoso, dois diplomas de nível superior, viagens ao exterior e domínio de outros idiomas, ortodontia, psicoterapia, propriedades e capital; e a sua pele tem uma cor linda. Olhe para você — olhe como está corada.

PARTE I

1. O Ienissei, 1º de setembro de 2004

Meu irmão menor veio para o campo em 1948 (eu já estava lá), no auge da guerra entre os brutamontes e as putas...

Bem, não seria uma primeira frase ruim para a narrativa propriamente dita, e eu estou ansioso para escrevê-la. Mas ainda não. "Ainda não, ainda não, minha jóia!" Era o que o poeta Auden dizia aos poemas líricos, às epístolas derramadas que pareciam pressioná-lo a um parto prematuro. É cedo demais, agora, para a guerra entre os brutamontes e as putas. Haverá guerra nestas páginas, inevitavelmente: lutei em quinze batalhas e, na sétima, fui quase castrado por um projétil secundário (uma peça de ferro de um quilo e trezentos gramas) que se alojou na face interna da minha coxa. Quando a gente sofre um ferimento feio como esse, durante a primeira hora nem dá para saber se você é homem ou mulher (ou se é velho ou jovem, ou quem foi o seu pai e como você se chama). Mesmo assim, três ou quatro centímetros mais para cima, como dizem, e não haveria mais nenhuma história para contar — porque esta é uma história de amor. Tudo bem, amor russo. Mas, ainda assim, amor.

A história de amor é triangular, no formato, e o triângulo não é eqüilátero. Eu às vezes gosto de pensar que o triângulo é isósceles: não há dúvida de que ele forma um ângulo bem agudo. Sejamos honestos, no entanto, e vamos admitir que o triângulo permanece rudemente escaleno. Creio, minha cara, que você tenha um dicionário à mão, não é verdade? Você nunca precisou de muito incentivo no seu respeito pelos dicionários. Escaleno, do grego, *skalenos*: desigual.

É uma história de amor. Então, é claro, devo começar pela Casa de Encontros.

Estou sentado na sala de jantar, em forma de proa de navio, de um vapor de turismo, o *Gueórgui Júkov*, no rio Ienissei, que corre do pé das montanhas da Mongólia até o oceano Ártico e, portanto, corta a planície da Eurásia do Norte — uma distância de duas mil verstas e meia. Em vista das distâncias na Rússia, e das agruras da vida russa em geral, é de supor que uma versta seja o equivalente a — não sei — umas trinta e nove milhas. Na verdade é pouco mais de um quilômetro. Mesmo assim é um percurso bastante longo. O livreto descreve o passeio como uma "viagem rumo ao destino de uma vida" — expressão que transmite uma conotação um tanto indesejável. Tenha em mente, por favor, que nasci em 1919.

Diversamente de quase tudo o mais, lá, o *Gueórgui Júkov* não é nem uma coisa nem outra: nem futuristicamente plutocrático, nem futuristicamente austero. É um retrato do antigo e prático *Komfortismus* tsarista. Abaixo da linha-d'água, onde a tripulação e os auxiliares cochilam e enchem a cara, o navio, está claro, é uma ruína fétida — mas veja a sala de jantar, com suas toalhas douradas cor de mel, seus veludos vermelhos de bordel. E nosso fardo é leve. Tenho uma cabine com quatro beliches inteira só para mim. O passeio para o Gulag, explica-me o comissário, nunca fez muito sucesso... Moscou *é* impressionante — soturnamente fantástica, em sua riqueza roubada. E Petersburgo também, sem dúvida, depois do seu aniversário de um bilhão de dólares: um tricentenário para a cidade construída por escravos, "roubada ao mar". Fica em toda parte que não esteja abaixo do nível da água.

Minha visão periférica é rodeada por garçons meio agachados, a postos para dar o bote. Há duas razões para isso. Primeiro, chegamos ao penúltimo dia da viagem e agora está solidamente estabelecido, a bordo do *Gueórgui Júkov*, que sou um velho de má índole e boca suja — enorme e desgrenhado, meu cabelo não é do tipo branco e fofo dos caducos que não reclamam de nada, mas sim pontudo e de um cinzento amargo. Eles também sabem, a esta altura, que sou um psicótico exagerado nas gorjetas. Não sei por quê, mas desde o início, suponho, eu dava vinte por cento em vez de dez, e o valor tem subido sem cessar desde então; mas isso é ridículo. Sempre tive dinheiro de sobra, mesmo na União Soviética. Mas agora sou rico. Para constar nos registros (e isto *é* o meu registro), só uma patente, porém com vastas aplicações: um mecanismo que aprimora, de maneira importante, a elasticidade das próteses das extremidades corporais... Assim todos os garçons sabem que, se sobreviverem aos meus frenesis cloacais, uma recompensa os aguarda ao fim de cada refeição. Erguido à minha frente, um livro de poemas. Não Mikhail Liérmontov, nem Marina Tsvetáieva. Samuel Coleridge. O marcador de páginas que uso é um envelope meio grosso que contém uma carta comprida. Está em meu poder faz vinte e dois anos. Um velho russo, a caminho de casa, tem de ter suas recordações significativas — o seu *deus ex machina*. Não li a carta ainda, mas vou ler. Vou ler, nem que seja a última coisa que eu faça.

Sim, sim, eu sei — um velho não deve dizer coisas grosseiras. Você e sua mãe tinham muita razão de arregalar os olhos. É de fato um espetáculo de dar pena, e sem nenhum charme, ver a boca de um velho praguejar palavrões, os dentes postiços ou ausentes, os lábios secos até sobrar só a metade. Dá pena porque é um protesto muito evidente contra a decadência das forças: dizer *foda-se* é a única coisa suja que ainda se pode fazer. Mas eu gostaria de enfatizar as propriedades terapêuticas dessa palavra de poucas letras. Todos aqueles que sofreram de verdade sabem o alívio que traz, afinal, afundar a cabeça e, por horas e horas, chorar e dizer palavrões... Meu Deus, olhe só as minhas mãos. Do tamanho de uma tábua de queijos, não, queijos, queijos inteiros, com suas manchas e pregas, sua viscosidade, seu azinhavre. Machuquei muitos homens e mulheres com estas mãos.

No dia 29 de agosto, atravessamos o Círculo Ártico e houve uma comemoração muito compreensível a bordo do *Gueórgui Júkov*. Um acordeão, um violino, um violão muito enfeitado, garotas com blusas de piranhas, um bêbado em calças de montaria que tentou imitar a dança dos cossacos e não parava de cair da cadeira. Eu agora estou numa ressaca que, já faz dois dias, continua a piorar. Na minha idade, nos meus "oitenta e muitos", como dizem agora (em lugar de "no fim dos oitenta", pois a palavra *fim* tem conotações impertinentes), simplesmente não há lugar para uma ressaca. Ai, ai, ai... Ai, ai, ai... Não imaginava que eu ainda fosse capaz de me poluir de modo tão completo. Pior, eu sucumbi. Você sabe muito bem o que quero dizer. Participei de todos os brindes (providenciaram uma caçamba de lixo em miniatura para espatifarmos nossas taças lá dentro) e cantei todas as músicas; chorei pela Rússia e enxuguei minhas lágrimas na bandeira. Falei um bocado sobre o campo — sobre Norlag, sobre Predposilov. No raiar do dia, comecei a impedir fisicamente que certas pessoas saíssem do bar. Mais tarde, causei um bocado de estragos à minha cabine e tive de ser transferido no dia seguinte, no meio de um vendaval de palavrões e de notas de vinte dólares.

Gueórgui Júkov, o general Júkov, marechal Júkov: servi num de seus exércitos (ele comandou um front inteiro) em 1944 e 1945. Também teve papel no salvamento da minha vida — oito anos depois, no verão de 1953. Gueórgui Júkov foi o homem que venceu a Segunda Guerra Mundial.

Nosso navio geme, como se carregasse nas costas ainda mais fardos e mais preocupações. Gosto desse som. Mas quando as portas da cozinha se abrem com um rangido, ouço a música da aparelhagem de som (quatro batidas por compasso, com alguém de dezessete anos se esgoelando sobre a autodescoberta), e ela chega aos meus ouvidos em forma de dor. Naturalmente, a um simples piscar de minha pálpebra, os garçons tomam a cozinha de assalto. Quando a gente é velho, o barulho causa dor. O frio causa dor. Quando eu subir ao tombadilho esta noite, o que farei, sei que a neve úmida vai me causar dor. Não era assim quando eu era jovem. Acordar: *isso* doía, e continuou a doer cada vez mais. Porém o frio não doía. Aliás, tente só chorar e praguejar diante do Círculo Ártico no inverno. Todas as suas lágrimas vão congelar na hora e até as suas obscenidades vão virar gotinhas de gelo e cair tilintantes a seus pés. Isso nos enfraquecia, minava profundamente nossas forças, mas não nos causava dor. Respondia alguma coisa. Era como um holofote girando acima do universo do nosso ódio.

Agora a aparelhagem de som foi suplantada por um rádio. Estendo a mão. Isso é permitido. Hoje vi o começo do sítio da Escola Número Um na Ossétia do Norte. Calhou de algumas crianças estarem olhando quando os atiradores e as atiradoras vieram pelos trilhos da ferrovia com suas balaclavas pretas — e riram e apontaram, achando que era uma brincadeira ou um treinamento. Depois a van estacionou e dali saiu ele, o matador, com a enorme barba laranja: "Russos, russos, não tenham medo. Vamos, vamos...". As autoridades falam em trezentos ou quatrocentos, mas na verdade há muito mais de mil reféns — crianças, pais, professores. E por que já estamos nos preparando para um desfecho próximo do pior possível? Por que já estamos nos preparando para o fenômeno compreendido por todo o mundo — a mão pesada russa? Por que razão nossas mãos são tão pesadas? O que a faz pesar?

Mais uma xícara de café, mais um cigarro, e vou subir para o tombadilho. A vastidão siberiana, a imensidão verde-oliva — você sentiria medo, eu acho; mas faz os russos sentirem-se importantes. A massa de terra, do país, o tamanho e o peso no planeta: é isso o que nos persegue e é isso o que arruína a saúde do Estado... Estamos atravessando o norte, mas seguindo rio abaixo. O que dá uma sensação anômala. No tombadilho, é como se o navio estivesse imóvel e os barrancos dos dois lados estivessem em movimento. Estamos parados; os barrancos das margens balançam e ondulam. Somos levados para a frente por uma força que viaja em sentido contrário. Temos também a sensação de que estamos espiando por cima do ombro do mundo e avançando rumo a uma cachoeira infinita. Aqui há monstros.

Meus olhos, no sentido conradiano, pararam de ser ocidentais e passaram a ser orientais. Estou de volta ao seio de uma vasta família residente num cortiço. Agora ela tem de se defender sozinha. Todo o dinheiro foi dividido entre os criminosos e o Estado.

É curioso. Datilografar a palavra "Kansas" ainda parece confortavelmente banal. E datilografar a palavra "Krasnoiarsk" ainda parece totalmente grotesco. Eu poderia, é claro, datilografar "K...", como um escritor de outros tempos. "Ele viajou para M..., capital de R..." Mas agora você é uma moça crescida. "Moscou", "Rússia": nada que você não tenha visto antes. Minha língua materna — descubro que quero usá-la o menos possível. Se a Rússia está indo embora, então o russo já se foi. Estávamos muito atrasados, entenda, para desenvolver uma língua de emoções; o processo foi barrado depois de menos de um século e agora todas as associações e conotações subentendidas se perderam. Devo apenas dizer que parece coerentemente eufemístico — contar minha história em inglês, e num inglês de feição antiga, o que mais se pode querer? Minha história ficaria ainda pior em russo. Pois é de fato uma história de sibilantes guturais e chiantes.

O resto de mim, todavia, está se tornando oriental — se rerrussifica de todo, mais uma vez. Então fique atenta, daqui para a frente, para outros traços nacionais: a liberdade de toda responsabilidade e escrúpulo, o vigoroso campeonato de opiniões e crenças que são não apenas irreconciliáveis como também mutuamente excludentes, o fraco por um humor de baixeza e cinismo, a tendência de falar da maneira mais passional nas horas de menos sinceridade e a sede de argumentos abstratos (abstratos ao ponto da pretensão) em momentos inesperados — digamos, no meio de uma fuga em massa da prisão, no auge de um motim causado por uma epidemia de cólera, ou na fase mais fúnebre de uma onda de fome.

Ah, vamos tirar isso do caminho. Não é da União Soviética que eu não gosto. Não gosto é da planície da Eurásia do Norte. Não gosto da "democracia dirigida", não gosto do poder soviético, não gosto dos senhores feudais mongóis e não gosto das dinastias teocráticas da antiga Moscou e da antiga Kíev. Não gosto do império multiétnico, do território de doze fusos horários. Não gosto da planície da Eurásia do Norte.

Por favor, perdoe a pequena excentricidade no meu modo de apresentar o diálogo. Não estou sendo russo. Estou sendo "inglês". Sinto que é uma falha formal citar a si mesmo. Veja a coisa desse modo.

Sim, no que diz respeito ao indivíduo, Vênus, pode muito bem ser verdade que caráter é destino. E o contrário também. Mas, na escala mais ampla, caráter não significa nada. Na escala mais ampla, destino é demografia; e a demografia é um monstro. Quando a examinamos de perto, quando examinamos de perto o caso russo, sentimos os estímulos de uma força imensa, uma força não só cega, mas também totalmente insensível, como um terremoto ou uma enchente. Nada assim jamais aconteceu antes.

Lá está, na minha frente, na tela do meu computador, o gráfico de duas linhas onduladas em interseção, uma cor-de-rosa e a outra azul. O índice de nascimentos, o índice de mortes. Chamam de cruz russa.

Eu estava lá quando meu país começou a morrer: a noite de 31 de julho de 1956, na Casa de Encontros, pouco acima do paralelo 69.

2. Casa de Encontros

Foi com certa cerimônia, me lembro, que mostrei ao meu irmão caçula o lugar onde ele ia entreter sua noiva. Digo "noiva". Eles estavam casados fazia oito anos. Mas aquela seria a primeira noite juntos, como marido e esposa... Você segue rumo ao norte, a partir do distrito, e depois de oitocentos metros vira para a esquerda e sobe a alameda íngreme e o inesperado lance de escada de pedras, e lá está: adiante, no aclive do monte Schweinsteiger, o chalé de dois andares chamado de Casa de Encontros e, ao lado, o seu cobiçado anexo, uma comprida cabana de toras de madeira semelhante a um posto avançado de completa liberdade.

Um único quarto, é claro: a choupana estreita com seus lençóis felpudos e sua toalha cinzenta e pesada, o barril de água com a caneca de estanho presa a ele por uma corrente, o imaculado balde de dejeções com a sua delicada tampa de madeira. E depois a cadeira (sem braços, sem espaldar) e a travessa de comida à espera — dois nacos de pão do tamanho de punhos cerrados, um arenque inteiro (ligeiramente verde nas beiradas) e a grande jarra de caldo frio, com pelo menos quatro ou cinco bolinhas de gordura na superfície. Muitas horas foram necessárias para criar isso, e muitas mãos.

Liev assobiou.

Falei: Bem, garoto, a gente andou um bocado para chegar aqui. Olhe.

— Meu Deus — disse ele.

E tirei do bolso a achatada garrafinha térmica de vodca, os seis cigarros (desembrulhados do jornal estatal) e duas velas.

Talvez ele ainda estivesse se recuperando da mangueira de borracha e do tesourão de podar — havia gotas de suor em seu lábio superior. Mas então me lançou o olhar que eu conhecia bem: a careta sem alegria, com as duas divisas militares invertidas na sobrancelha. Tomei isso, com bastante confiança, como uma expressão de dúvida sexual. Dúvida sexual — o fardo exclusivamente masculino. Diga-me, minha cara: para que é que isso existe? A resposta utilitarista, suponho, seria que seu propósito é nos impedir de reproduzir se somos fracos e doentes ou apenas velhos demais. Talvez, também (isso teria ocorrido no estágio do planejamento da idéia do masculino), tenha havido a sensação de que o fiasco eventual, ou o fiasco como uma possibilidade sempre-presente, pudesse ajudar a manter os homens honestos. Isso teria ocorrido no estágio do planejamento.

Liev, meu jovem!, falei. Que tremendo paraíso você tem aqui. E depois lhe disse, com toda a devida timidez, para não esperar grande coisa. *Ela* não estará esperando grande coisa. Então você também não espere.

Ele disse:

— Não acho que eu esteja esperando grande coisa.

Trocamos um abraço. Quando me abaixei para sair pela porta da choupana e depois me pus ereto de novo, vi uma coisa que não tinha notado no parapeito da janela — e muito ampliada, agora, por uma curvatura no vidro, semelhante a uma lente. Era um tubo de ensaio, com a base arredondada, que uma estrutura de madeira entalhada à mão sustinha de pé. Uma única flor silvestre, sem talo, boiava dentro dele, transbordava dele — um carmim amoroso. Lembro de ter pensado que parecia uma experiência com a idéia do masculino. Uma experiência poética, talvez, mas ainda assim uma experiência.

O guarda avançou e acenou com o antebraço: eu tinha de ir à sua frente ao descer a trilha. Vinda do outro lado e também sob escolta, avançava a minha cunhada. Aquele seu jeito de andar, aquele famoso meneio petulante do corpo — aquilo punha um mundo em movimento.

Àquela altura, o verão de cinco semanas do Ártico já estava em andamento. Era como se a natureza despertasse em julho e se desse conta de como havia tratado mal seus convidados; e então, é claro, ela o exagerava completamente. Havia algo afetado e histérico no espetáculo que a natureza apresentava: o sol com seu botão no máximo e olhando em constante expectativa; o tapete vermelho de flores silvestres, as cores viçosas, mas acirradamente irritantes, que davam comichão nos olhos; e os mosquitos excitados, o tamanho dos beija-flores. Continuei a andar, debaixo de uma touca de mosquitos, moscas e pernilongos. Havia, eu lembro, uma enorme nuvem cinzenta e brilhante acima de nós; sua ponta principal tinha um aspecto mastigado e estava prestes a se esfarrapar, ou se ralar toda, em forma de chuva.

A noite de 31 de julho de 1956: a noite decisiva, crucial. Como passei essa noite?

Primeiro, a Cafeteria do Conde Krzysztov. Na Cafeteria do Conde Krzysztov, foi assim que se passou: tentando não rir, Krzysztov servia para nós uma caneca de uma imundície preta e quente; e, tentando não rir, bebíamos. Krzysztov me disse, entre outras coisas, que ia acontecer uma palestra na sala do rancho às oito horas — sobre o Irã. Palestras sobre países estrangeiros eram sempre muito populares ("Os maoris da Nova Zelândia" não chegava a atrair uma multidão, mas qualquer coisa sobre a Finlândia ou o Afeganistão ficava lotada). Isso acontecia porque uma descrição da vida do outro lado das fronteiras fornecia material para fantasias de fuga. Os homens ficavam ali sentados, de olhos vidrados, como se assistissem a uma dançarina exótica. Por motivos análogos, a apresentação de longe mais bem-sucedida que já haviam oferecido foi um programa duplo, dois fragmentos obscuros e anônimos, intitulados "Os três preguiçosos" e "Kedril, o esganado". Foi tão popular que repetiam quase todos os meses; e Liev e eu sempre conseguíamos entrar, na base do empurrão, como todo mundo. Ah, o culto de "Os três preguiçosos" e de "Kedril, o esganado"... Mas foi idéia minha, naquela noite, evitar os estimulantes. Em vez disso, procurei um sedativo suave. Portanto fui fazer uma visita a Tânia.

Nosso campo era co-educacional desde 1953, quando o muro divisório veio abaixo, e muitos de nós agora tínhamos namoradas. Inventávamos uma larga variedade de nomes genéricos para elas (assim como elas faziam para nós: "meu coração", "meu papai", "meu Tristão", "minha Dafne"), e podia-se saber muita coisa a respeito de um homem pelo jeito como se referia à sua garota. "Minha Eva", "minha deusa" ou de fato "minha esposa" indicavam um romântico; tipos menos meticulosos empregavam toda sorte de sinônimos possíveis para a palavra *copular*, e também todos os tipos de sinônimos possíveis para a palavra *vulva*. Mas embora existissem laços autênticos (gravidez, aborto, até casamentos, até divórcios), noventa por cento dos casos, eu estimo, eram inteiramente platônicos. Sei que o meu era. Tânia era uma operária de fábrica e o seu crime não era político.

Era uma “de três vezes”. Por três vezes ela fizera isto: chegou vinte minutos atrasada para o trabalho. Mais carinhosamente do que pode parecer a princípio, eu a chamava de “minha Dulcinéia”: a exemplo da amante de Dom Quixote, ela era, em larga medida, um projeto da imaginação.

O amor de um prisioneiro por outro podia ser uma coisa de grande pureza. Havia, de fato, vastas quantidades de amor frustrado, de amor tolhido, no arquipélago dos escravos. Confissões, contratos nupciais, mãos dadas através das grades de arame. Certa vez, num campo de transferência, vi um casamento em massa espontâneo (com sacerdote) de vintenas de pessoas totalmente estranhas umas às outras, que depois foram ressegregadas e partiram em direções distintas... Meu caso com Tânia era terra-a-terra e comum. Eu apenas descobri que ter alguém para cuidar, ou para procurar, respaldava minha vontade de sobreviver. E isso era tudo.

Naquela noite, nosso encontro amoroso não foi um sucesso. Continuava a ser axiomático, no campo, que as mulheres eram mais resistentes e mais duráveis do que os homens. Elas tinham pena de nós e nos protegiam como mães. Você também teria pena e nos teria protegido como uma mãe. Nossa sujeira, nossos trapos, nosso declínio rumo ao desleixo inexorável... Elas eram mais fortes; porém o preço que pagavam era a evaporação de toda a sua essência feminina, até a última gota de seu orvalho. “Sou ao mesmo tempo vaca e touro”, escreveu uma poeta presa num campo. “Uma mulher e um homem.” Não, minha cara, você não é uma coisa nem outra. Os hormônios não estavam mais sendo produzidos. Para nós, não fazia diferença. Estávamos todos rumando para longe das duas coisas.

Em geral, eu conseguia uma espécie de magia com Tânia e recriava a pequena formosura que ela devia ter sido na liberdade. Mas naquela noite, sentados durante uma hora em três tocos de árvore na clareira atrás da enfermaria, tudo o que consegui alcançar foi uma espécie de fascínio embotado. Era a sua boca. Sua boca parecia o esboço de um hieróglifo que se vê na parede de uma cela solitária prototípica, em cartuns e em ilustrações de romances do século XIX sobre confinamentos épicos: uma linha horizontal marcada por seis traços verticais, representando mais uma semana do seu tempo. O único impulso com algo de semelhante ao desejo que Tânia despertava em mim era uma ânsia evanescente de comer os botões de sua blusa, feitos de bolinhas de miolo de pão mastigado. Ah, sim: e a textura de lixa da carne avermelhada de suas bochechas, no crepúsculo branco, me davam saudades da casca de uma laranja. Uma semana depois, eles a embarcaram para longe. Tânia tinha a sua idade. Tinha vinte e quatro anos.

A meia-noite veio e passou. Fui para a cama. Quando a gente vai para o campo, os sete pecados capitais tomam uma nova configuração. Os nossos esteios na liberdade, o orgulho e a avareza, são instantaneamente lançados ao mar e cedem lugar, como obsessões ferozes, flamejantes de prazeres insuspeitos, aos dois pecados em que jamais pensamos: gula e preguiça. Enquanto minha mente patrulhava a Casa de Encontros, onde Liev estava deitado com uma mulher que tinha aspecto de mulher, eu ficava deitado sozinho com os três pecados — inveja, luxúria e ira.

Tudo em volta, agora, era o som débil mas unânime de gorgolejos e bochechos. Talvez soasse estimulantemente lúbrico se eu não soubesse o que era. Mas eu sabia. Era o barulho de trezentos homens comendo enquanto dormiam.

A vida era fácil em 1956. Havia a poeira e o frio, a fome e o ódio; mas a vida era fácil. Iossif Vissariónovitch havia morrido, Béria tinha caído e Nikita Serguéievitch tinha feito o Discurso Secreto.* O Discurso Secreto causou um impacto planetário. Foi a "primeira vez" que um líder russo teve de admitir as transgressões do Estado. Foi a primeira vez. Foi também a última vez, mais ou menos; mas chegaremos lá.

Iossif Vissariónovitch: conheci seu rosto melhor do que o de minha mãe. O sorriso de bigodes de um sargento recrutador (eu quero *você*) e depois os olhos amarelados, armazéns de rancores, olhos de montanhês, atentos às sombras de penhascos e ravinas.

Ele quer você, mas você não o quer. Eu uso a forma "correta", prenome e patronímico, Vênus, para estabelecer uma distância. Por muitos anos, essa distância não existiu. Você tem de fazer força para imaginar como era, a repugnante proximidade do Estado, o cheiro de seu corpo, o bafo em nossa nuca, seu olhar fixo, numa expectativa estúpida.

No fim, era embaraçoso ao mais alto grau ter sido tão imediatamente plasmado por tal presença. Por esse invasor dos céus e dominador de oceanos que foi Iossif Vissariónovitch. E eu lutei na guerra que ele travou contra o outro: o da Alemanha. Esses dois líderes tinham certas coisas em comum: estatura baixa, dentes ruins, anti-semitismo. Um tinha uma memória extraordinária; o outro era um orador histérico, mas obviamente arrebatador, pelo menos para aquela nação, naquele tempo. E havia, é claro, a sua força de vontade para exercer o poder. Afora isso, eram homens indistinguíveis.

"Não sou o personagem de um romance", diz o Razumov

* Iossif Vissariónovitch é Stálin, líder da Rússia, 1928?–53. Laurenti Béria foi o chefe da Tcheka, a polícia secreta, 1938–53. Nikita Serguéievitch é Khruschov, líder da Rússia, 1953–64. Não vejo alternativa para estas notas. O memorialista, eu sei, teria de pagar com a própria alma o preço de escrever a palavra *Stálin*.

de Conrad mais de uma vez (à medida que o dilema terrível se consolida à sua volta), e de modo muito sensato, creio eu. Também não sou o personagem de um romance. A exemplo de muitos milhares de pessoas, eu e meu irmão somos personagens de uma obra de história social de baixo, da era das nulidades titânicas.

Mas a vida era fácil em 1956.

3. A guerra entre os brutamontes e as putas

Meu irmão Liev veio para Norlag em fevereiro de 1948 (eu já estava lá), no auge da guerra entre os brutamontes e as putas. Chegou à noite. Eu o reconheci na hora, no meio de uma multidão, ao longe, porque um irmão de sangue, Vênus, de modo muito mais revelador do que um filho, desloca uma quantidade de ar determinada. Um filho cresce, ao passo que o pai permanece estático no espaço. Com os irmãos, a diferença é sempre a mesma.

Eu estava fumando um pouco junto de Semyon e Johnreed no telhado da fábrica de cimento e vi Liev entrando no bloco de desinfecção, que ficava tolamente exposto por sua grande bateria de lâmpadas engaioladas. Quarenta minutos depois, ele foi trazido para o pátio. Estava nu, a não ser pelo traje colante formado pelo ungüento branco e espesso que passavam na gente para expurgar pragas miúdas; o calor cáustico que isso produzia na superfície da pele não fazia nada para facilitar o tremor galvânico causado pelo frio de um grau negativo. Ele tropeçou (tinha cegueira noturna), caiu de quatro, e o frio então o apanhou de jeito: parecia um cachorro sem pêlo sacudindo o corpo na tentativa de secar-se. Em seguida, se pôs de pé e ficou ali parado, segurando alguma coisa nas mãos em concha — algo precioso. Eu me mantive distante.

Era o ano em que os poderes tutelares perderam o seu monopólio da violência. Era o tempo da selvageria espasmódica, com os brutamontes atacando as putas e as putas atacando os brutamontes. As facções tinham, cada uma, a seu dispor, uma loja de ferramentas inteira e isso dava o tom de seus confrontos: trabalho intenso com alicates e chaves inglesas, barras de ferro e pés-de-cabra, tornos, sovelas, grosas, britadeiras frenéticas, formões atrozes. Mesmo na hora em que Liev corria a passos curtos pelo pátio rumo à enfermaria, soavam no meio da neblina os berros de cortar o coração que vinham da entrada da fábrica de brinquedo, onde dois brutamontes (mais tarde soubemos) estavam sendo castrados por uma gangue de putas armadas com serrotes, em retaliação por uns olhos vazados, mais cedo, naquele mesmo dia.

A guerra entre os brutamontes e as putas era uma guerra civil, porque os brutamontes e as putas eram semelhantes, eram urkas. Substrato social dos criminosos hereditários, os urkas existiam havia séculos — mas de modo invisível. Eram fugidios nos dois sentidos: estavam em fuga e sumiam depressa. Lá fora, na terra da liberdade, raramente a gente punha os olhos num deles, e com um assombro frio, assim como uma criança vê as figuras semi-ocultas nos bastidores de um circo ou de um parque de diversões: um mundo de gêmeos siameses, tritões, mulheres barbadas, tatuagens e escarificações monstruosas, um mundo de caos cifrado. Podemos *ouvi-los* também, às vezes: num beco de Moscou, a gente pode gelar de medo de repente — o assovio de um urka, escandalosamente agudo (que supõe, nos vem logo a certeza, um uso indecente da língua). Lá fora, os urkas eram uma subclasse espectral. Nos campos, é claro, formavam uma elite flagrante e clamorosa. Mas agora eles estavam em guerra.

Era assim que o poder se distribuía em nossa fazenda-modelo. No topo, ficavam os *porcos* — a zeladoria de administradores e guardas. Depois vinham os *urkas*: classificados como "elementos socialmente amigáveis", tinham o status de presos de confiança que, além de tudo, não trabalhavam. Abaixo dos urkas ficavam as *cobras* — os informantes, os olheiros — e abaixo das cobras ficavam os *sanguessugas*, burgueses fraudadores (falsificadores de dinheiro, autores de desfalque e coisas assim). Perto da base da pirâmide, vinham os *fascistas*, os contras, os "artigo 58", os inimigos do povo, os políticos. Depois vinham os *gafanhotos*, os juvenis, os pequenos calibãs: filhos bastardos da revolução, da remoção forçada e do terror, eram as feras órfãs da experiência soviética. Sem suas leis e protocolos absurdos, os urkas seriam apenas como os gafanhotos, só que maiores. Os gafanhotos não tinham regra nenhuma... Por fim, lá embaixo, na poeira, ficavam os *comedores de merda*, os casos perdidos, os pés-na-cova; eles já não podiam mais trabalhar e já não conseguiam mais suportar a dor da fome, e então batiam boca com voz débil debruçados nos despejos da cozinha e nas lixeiras. Assim como meu irmão, eu era um "elemento socialmente hostil", um político, um fascista. Nem é preciso dizer que eu não era fascista. Eu era comunista. E continuei a ser comunista até o início da tarde do dia 1º de agosto de 1956. Havia também animais, bichos de verdade, na nossa fazenda-modelo. Cães.

A guerra civil dos urkas era conseqüência de uma tentativa feita por Moscou para minar o poder e a ociosidade urka. A estratégia consistia em promover os urkas mais ainda: dar-lhes, em troca de certos deveres, salários e privilégios próximos dos recebidos pela zeladoria. As putas eram urkas que desejavam deixar de ser urkas e passar a ser porcas; os brutamontes eram urkas que desejavam continuar a ser urkas. Pareceu bom para nós, de início, quando a guerra estourou. De repente, os urkas tinham alguma outra coisa para fazer com o seu inesgotável tempo livre — alguma outra coisa que não fosse torturar os fascistas, sua atividade precípua. Mas agora a guerra entre os brutamontes e as putas estava saindo de controle. Após perder o seu monopólio da violência, os porcos empregaram ainda mais violência. Havia no ar uma selvageria e uma imprevisibilidade que começavam a parecer quase abstratas.

Vênus. Lembra como você ficou frustrada com os crocodilos na seção dos répteis do zoológico — porque os "lagartos não se mexiam"? Imagine aquela quietude de hibernação, aquela estase repugnante. De repente vinha uma chicotada, uma convulsão de uma rapidez fantástica; e após meio segundo, um dos crocodilos estava para fora, no canto, duro e semimorto de choque, e sem a mandíbula superior. *Isso* era a guerra entre os brutamontes e as putas.

Agora, quando falo, aqui e em qualquer parte, de Moscou e das suas chamadas diretrizes políticas, eu o faço com a segurança de uma percepção tardia e bem informada. Mas na época não tínhamos idéia do que se passava. Jamais tivemos idéia do que se passava.

O primeiro dia de Liev (passou boa parte dele com os médicos e com os funcionários que montavam a escala de trabalho) foi também o dia mensal de repouso.

Aproximei-me dele por trás, no pátio. Liev estava sentado numa mureta de pedras no lugar onde antes ficava o poço, os joelhos bem juntos, os ombros inclinados para a frente. Fazia carinho em seus óculos quebrados e tentava acreditar em seus olhos.

E o que é que ele via? A coisa mais difícil de captar era a *escala* — o amontoado desordenado de espaço necessário para conter aquilo. Em seu horizonte de visão, havia cinco mil homens (aos lados, atrás e na frente, havia dez vezes esse número de pessoas). Quando nos acostumávamos com isso, tínhamos de aceitar o fato evidente de que estávamos vivendo em algo parecido com uma base militar, onde os presos tinham sido trazidos de um manicômio pavorosamente miserável. Ou de um asilo pavorosamente miserável. No nariz e na boca, batiam o hálito úmido do campo, ou Norlag, e, mais remotamente, o cheiro de cimento fresco da cidade do Ártico nova em folha, a dentadura monumental de Predposilov. E por fim era preciso assimilar e aceitar a incessante agitação, a dança louca dos insetos chamados de bicho-pau — a fúria nervosa da zona.

Eu falei: Não se vire, Dmítriko.

Nunca mais eu o chamaria desse modo. Não era ocasião para usar diminutivos. Nunca era ocasião... Um administrador de campo que permitisse que dois membros da mesma família pusessem os olhos um no outro, muito menos que se encontrassem e conversassem (muito menos que coabitassem, durante quase dez anos), seria castigado por leniência criminosa. Por outro lado, não precisávamos ser mestres do disfarce, eu creio, para evitar o desmascaramento. Éramos meio-irmãos com sobrenomes distintos e éramos radicalmente diferentes. Para ser breve. Meu pai, Válieri, era um cossaco (devidamente descossaquizado em 1920, quando eu tinha um ano). O pai de Liev, Dmítri, era um camponês próspero, ou kulak (devidamente deskulakizado em 1932, quando Liev tinha três anos). Os genes dos pais predominaram: eu tinha um metro e oitenta e dois, cabelo preto e espesso e feições direitas, ao passo que Liev...

Parece que eu faria melhor se agora descrevesse o pai dele, o seu meio-tio, Vênus, a fim de preparar o terreno para o trovão que está a apenas uma página de distância. Existe algo de rústico, a rigor quase de troglodita, nas assimetrias do rosto dele, os traços jogados uns ao lado dos outros sem nenhuma atenção, como se fosse no escuro. Até as orelhas pareciam pertencer a duas pessoas completamente distintas. Diga o que você quiser a respeito disso, mas o meu nariz era incontestavelmente um nariz, ao passo que o de Liev não passava de uma protuberância. E quando a gente olhava para ele de lado, pensava assim: Será que aquilo é o queixo ou o pomo-de-adão? Desde criança, ele era pequeno, magricela, doentio — um gago que fazia xixi na cama e usava óculos fundo de garrafa. Tudo o que tinha era o sorriso (na bagunça que era o rosto, moravam os dentes de uma linda mulher) e seus magníficos olhos azuis, os olhos de um membro da *intelligentsia*. Sem dúvida, um *intelliguent*.

Falei: Não se vire. E quando se virar, não mostre nenhum prazer em ver o seu irmão mais velho.

Ele se levantou; andou para longe, depois fez a volta para me ver. Por um momento achei impossível interpretar sua expressão ligeiramente encoberta, auto-acariciadora; parecia, nas circunstâncias, simplesmente estranha. Depois da prisão e dos interrogatórios, depois do transporte, muitos recém-chegados já estavam loucos; e eu temia que meu irmão já estivesse louco.

— Adivinhe o que foi que me aconteceu? — disse ele.

Falei, em tom paciente: Você foi preso.

— Não. Bom, sim. Mas não é isso. Eu *casei*.

Parabéns, falei. Então você finalmente conseguiu pegar a pequena Ada. Ou foi a pequena Olga?

Não respondeu. Olhe agora para os olhos — os olhos de um velho-crente. Parte de sua mente estava longe, dançando consigo mesma. Era claramente um grande troféu de amor que ele havia conquistado: um importante campeonato de amor. Já aconteceu isso com você, Vênus? A cor do dia muda de repente para uma sombra. E a gente sabe que vai lembrar aquele instante pelo resto da vida. Registrando uma impressionante contração do coração, falei:

Não a *Zóia*.

Ele fez que sim com a cabeça.

— Zóia.

... Seu sacaninha, falei. E me afastei dele depressa, pelo pátio.

Depois de um tempo, vim chegando perto em ziguezague, me curvando e me aprumando, balançando a cabeça, coçando o cabelo, eu sentia que ele aos poucos ajustava os passos para caminhar ao meu lado.

— Desculpe. Por favor, não fique com raiva de mim. Lamento muito.

Não, você não lamenta nada. Virei-me. E com a crueldade áspera de um irmão mais velho (esticando a pronúncia para ocupar o tempo de pelo menos três sílabas), falei: *Você?*

Ele inspirou fundo e olhou para o lado. E viu o quê? No intervalo de três minutos, vimos uma puta correndo a toda a velocidade atrás de um brutamontes que levava na mão uma picareta ensangüentada, um porco espancando metodicamente com um porrete um fascista que estava no chão, uma cobra farta de trabalhar cortando em fatias o que restava dos dedos da mão esquerda, uma equipe de gafanhotos rolando um velho comedor de merda sobre um monte de esterco e, por fim, um sanguessuga que, com os dentes saindo das gengivas em ângulos retos (escorbuto), fazia, apesar disso, um sério esforço para comer o próprio sapato.

Sussurrei: Liev e Zóia se casaram. Se eu conseguir sobreviver a isso, não morro nunca mais.

— Não, irmão, você não vai morrer nunca.
Suspirando heroicamente, acrescentei com voz clara:
E *você* pode sobreviver a *isto*. E agora teremos de sobreviver.

4. Zóia

Quando um homem elogia uma mulher de forma conclusiva, e só uma mulher "acima de todas as outras", você pode ter certeza de que está diante de um misógino. Isso o deixa livre para pensar que todas as outras são uma porcaria. E então, o que sou eu? Você já consumiu o seu quinhão de romances russos: toda vez que aparece um personagem novo, há um corte de parágrafo e de repente você começa a ler a respeito dos avós dele. Isto também é uma digressão. E seu significado é sexual. Portanto faça a si mesma um favor, vá pegar a fotografia emoldurada que está na minha escrivaninha e coloque-a de pé na sua frente enquanto lê isto. Não quero que pense em como sou agora. Quero que pense naquele tenente de vinte e cinco anos que aparece jogando o chapéu para o ar no Dia da Vitória.

Escute. Na Rússia, depois da guerra, havia falta de tudo, inclusive de pão. Houve, na verdade, uma onda de fome na Rússia, depois da guerra, e morreram *mais* dois milhões de pessoas. Havia também falta de homens. Bem, havia também falta de mulheres (e de crianças, e de velhos), mas a falta de homens era tão drástica que a Rússia jamais se recuperou; a disparidade, hoje, é de dez milhões. Portanto era uma época corruptoramente boa para homens, na Rússia, depois da guerra, sobretudo se fosse um homem bonito (e ferido) que combatera na linha de frente, como eu, de volta para a grande fonte de gratidão e alívio, e especialmente mais ainda se, como eu, já fosse um homem corrompido. Minhas relações com as mulheres, admito, eram cruéis, desavergonhadas, desleais e solipsísticas ao ponto de chegar à malevolência. Meu comportamento talvez seja fácil de explicar: nos primeiros três meses de 1945, abri caminho a estupro na marcha pelo território do que mais tarde viria a ser a Alemanha Oriental.

Seria muito conveniente para mim se, neste ponto, eu pudesse tornar orientais os seus olhos ocidentais, o seu coração ocidental. "Os soldados russos estavam estuprando todas as mulheres alemãs entre oito e oitenta", escreveu uma testemunha. "Era um exército de estupradores." E, sim, eu marchava com o exército de estupradores. Eu poderia procurar segurança nos números e perder-me no meio dos meus pares; pois sabemos de fato, Vênus (a principal fonte de estudo é *Batalhão de polícia 101*), que professores primários alemães de meia-idade, quase sem exceção, preferiam metralhar mulheres e crianças o dia inteiro a pedir que fossem transferidos e encarar as conseqüências. A conseqüência não era uma punição oficial, como ser enviado para o front, ou mesmo algum sinal de desprestígio oficial; a conseqüência eram alguns dias de desgosto com os seus pares, antes de serem transferidos — as palavras agressivas, todos aqueles empurrões na fila na hora do rancho. Assim, você está vendo, Vênus, o grupo pode levar a pessoa a fazer *qualquer coisa*, e fazer isso dia após dia. No exército de estupradores, todo mundo estuprava. Até os coronéis estupravam. E eu também.

Há outra circunstância atenuante: a saber, a Segunda Guerra Mundial, e quatro anos no pior front da pior guerra da história. Não aplique a tolerância zero — uma estratégia que requer pensamento zero. Peço que não vire o rosto para o lado. Paguei um preço, como disse, e tenho um trabalho, um trabalho específico, à minha frente, para pagar esse preço integralmente. Tenho um trabalho a fazer e vou fazer. Sei que vou. Portanto, Vênus, peço que continue a ler, apenas reparando, por enquanto, na formação de certo tipo de natureza masculina. Um jovem tímido e livresco, que começa a ganhar confiança em si na década de 1930 (uma época de catástrofe e de terror generalizado, mas também, se lhe agrada, uma época de zeloso recato, prescrito pelas autoridades), perdi a virgindade com uma dona de casa silesiana, num fosso à beira de uma estrada, depois de uma perseguição de dez minutos. Não. Não foi um despertar dos mais promissores. Devo acrescentar, com espírito pedagógico, que a transformação do falo em arma vitoriosa é um fato muito antigo, que vimos se remanifestar em vasta escala na Europa em 1999. No meu front, em 1945, muitas, muitas mulheres foram assassinadas, além de estupradas. Não matei mulher nenhuma. Não nessa ocasião.

Estou prestes a descrever uma jovem extraordinariamente atraente, e a experiência me diz que você não vai gostar, porque é isso o que você também é. Tenho certeza de que você acha que já evoluiu e deixou isto para trás — a inveja; mas a evolução não é obra de uma tarde. E na minha experiência uma mulher atraente não quer nem ouvir falar de *outra* mulher atraente. O mais problemático nisso, talvez, é que você vai sentir uma angústia protetora em favor de sua mãe, como é perfeitamente correto. Portanto convido você a se pôr no lugar de uma das mulheres contemporâneas de Zóia. Ela tinha dezenove anos e, desde o início, sua reputação era francamente horrível. Você vai se animar com isso. E contudo as demais garotas tinham uma visão excepcionalista de Zóia. Instintivamente, eram indulgentes com ela, enquanto uma figura de vanguarda — *l'esprit fort*. Zóia viveu mais do que elas, porém também sofreu mais do que elas; e lhes mostrou possibilidades.

Costumava-se dizer que Moscou era a maior aldeia da Rússia. Na periferia, no inverno, havia pequenas trilhas que ligavam as casas a paradas de bonde e a lojas de alimentos (Leite, dizia a tabuleta), e todos andavam se balançando como roceiros, em seus casacos curtos de pele de carneiro, e não espantaria ver mamutes e *icebergs*. Mas isso é uma lembrança da infância (hoje não tem leite). Mudou: um emaranhado primitivo em que várias fundições, fornalhas explosivas, gasômetros, curtumes foram fechados com tábuas pregadas, em meio a chalés e paralelepípedos. Tínhamos uma aldeia dentro da aldeia (o distrito a sudeste conhecido como Cotovelo), e quando Zóia entrou ali, em janeiro de 1946, era como uma reprimenda dirigida às condições vigentes, à falta de comida e de combustível, à falta de livros, roupas, vidro, lâmpadas, velas, fósforos, papel, borracha, pasta de dente, cordas, sal, sabão. Não, mais ainda: ela era como um ato de desobediência civil. Era atrevidamente visível, a Zóia, e judia — um alvo natural para a denúncia e a prisão. Porque era assim que o ressentimento e o ciúme foram resolvidos no meu país durante centenas de anos. Era assim que um "triângulo amoroso" podia ser maravilhosamente simplificado. Um telefonema anônimo, ou uma carta anônima, para a polícia secreta. A gente ficava à espera disso, mas lá estava Zóia, todo dia, não no campo ou na prisão, mas na rua, com o mesmo sorriso, o mesmo jeito de andar.

E eu surpreendi a mim mesmo: eu, o estuprador heróico, com as medalhas e o distintivo amarelo. Meu primeiro pensamento não foi o primeiro pensamento que eu costumava ter — alguma variação de *Quando vou poder tirar a roupa dela?* Não. Foi este (e a frase me veio inesperada, já pronta): *Quantos poetas vão se matar por sua causa?* Zóia não era um gosto adquirido. Seu rosto era original (mais turco do que judeu, o nariz apontado para baixo, não para a frente, a boca inesperadamente larga, toda vez que ria ou chorava), mas sua figura era banal — alta e larga, cintura de vespa. Todo homem estava condenado a receber sua mensagem. Nós a sentíamos até a raiz da espinha. Todos o sentíamos, desde a prostituta da rua que suplicava para carregar os livros dela e segurar sua mão, até o nosso carteiro pálido e velho, que toda manhã parava e olhava fixo para ela com a boca aberta e torta, e com um olho fechado, como se fizesse pontaria com uma arma.

Talvez a coisa mais incrivelmente maravilhosa em Zóia era que tinha sua própria casa: um sótão do tamanho de um estacionamento, dois andares acima da casa da avó, mas com sua própria escada e sua própria porta da frente. Uma garota de dezenove anos, em Moscou, que tinha o seu quarto próprio: o equivalente, Vênus, em Chicago, seria uma garota de dezenove anos que tivesse seu próprio iate. A gente podia vê-la entrar lá de noite, com um homem; podia vê-la sair de lá, com um homem, *de manhã*. E tinha uma outra coisa. Você não vai acreditar nisto, mas nessas circunstâncias não posso omitir. Um dos boatos mais contagiosos que a cercavam era que, antes de cada caso com um homem, ela se submetia a uma espécie de ablução hassídica que a protegia contra a gravidez. Era essa, na época, a maneira como ela preferia traduzir a prática judaica de matar bebês cristãos. Não havia, é claro, anticoncepcionais na Rússia em 1946; e, como as nossas futuras namoradas monotonamente nos avisavam, a pena por aborto (muito suave, comparativamente) era dois anos de cadeia.

Sabemos muito a respeito das conseqüências do estupro — para as pessoas estupradas. De forma bastante compreensível, ninguém perdeu o sono tentando entender as conseqüências para o estuprador. O significado peculiar da sua tristeza pós-coito, por exemplo; nenhum animal jamais foi tão triste como um estuprador... Quanto aos efeitos de longo prazo, o que eram eles para mim, eu agora compreendo. Esta foi a forma mental que eles assumiram: eu não podia ver mulheres inteiras, intactas, completas. Eu não podia sequer ver seus corpos por inteiro. Agora, Zóia manejava um lote escandaloso de atributos físicos e o meu estilo seria atomizá-los: fazer o que Marvell fez à recatada amante (até seus seios, lembra?, deveriam ser avaliados em separado), entalhá-la na laje de mármore, cada pedaço assinalado por uma bandeirinha em miniatura, e com um preço. Era assim que minha mente tratava o assunto. Portanto, para sintetizar: Zóia, à diferença de "todas as outras", eu via como indivisível. Ser indivisível era o seu elemento fundamental. Cada ação supunha o todo de Zóia. Quando ela andava, tudo oscilava. Quando ria, tudo sacudia. Quando espirrava — sentíamos que não poderia acontecer absolutamente mais nada. E quando ela falava, quando discutia e se contrapunha, do outro lado de uma mesa, Zóia inclinava-se sobre o tampo e, em sua réplica, executava uma dança do ventre sedentária. Naturalmente, eu imaginava o que mais ela fazia daquele modo, com o todo do seu corpo. Éramos vizinhos e também colegas na escola técnica, o Instituto de Sistemas, onde ela estudava no meio do rio de judeus. Eu tinha vinte e cinco anos e ela, dezenove. E Liev, meu Deus, ainda estava na escola.

Ela costumava desempenhar um pequeno serviço para a mãe, a velha Ester, levando algumas coisas comestíveis para o rabino escrofuloso que ficava rezando sem parar, agonizante, no porão embaixo do nosso apartamento. O único jeito de entrar lá era pelo térreo, e depois descer uma escada espiral que ficava do lado de fora da nossa cozinha. Aqueles degraus de ferro estavam, muitas vezes, revestidos de gelo e, após um ou dois percalços, ela rendia-se relutante à minha insistência para levá-la pela mão. Na verdade, ela não tinha muita firmeza nos pés e sabia disso; muito mais tarde, Liev viria a saber que ela tinha falta de certas referências espaciais, de certa presteza, porque, quando criança, Zóia nunca aprendera a engatinhar... Na porta do porão, ela sempre me dirigia um sorriso de gratidão e eu sempre me perguntava que força era aquela, a força que me impedia de atirar meus braços em volta dela, ou até de olhá-la nos olhos, mas a força se manifestava e era uma força poderosa. Grite meu nome quando quiser voltar, eu lhe dizia. Mas Zóia nunca fazia isso. Pelo seu olhar, às vezes, eu achava que ela devia escalar de quatro aqueles degraus. Então, certa noite, ouvi sua voz, perdida e rouca, chamando meu nome. Saí e segurei sua mão que, para minha surpresa, estava quente.

Meu Deus, falei ao chegar ao topo. Pensei que *eu* ia levar um tombo.

Ela sorriu com avidez e falou:

— A gente tem de ser um tremendo bode montanhês para chegar lá em cima.

Rimos. E fiquei perdido.

Sim, Vênus, naquele ponto, o meu fascínio desesperado se transformou num amor fulminante; e me veio como uma honra. Eu tinha todos os sintomas do trovador: não comia, não dormia, suspirava a cada duas respirações. Lembra-se de Montecchio, o pai, em *Romeu e Julieta* — "Para fugir da luz, foge para casa o meu filho melancólico". Era assim que eu estava, melancólico, incrivelmente melancólico. É a melancolia que a gente sente quando, depois de uma hora de uma luta difícil pela vida no meio de um mar anárquico, sai da arrebentação, cai na areia e sente o puxão imperioso que vem do centro da Terra. Todo dia de manhã, eu me perguntava como a cama conseguia suportar meu peso. Eu escrevia poemas. Caminhava de noite. Gostava de ficar parado nas sombras do outro lado da rua, diante da casa dela, debaixo da chuva, sob a neve, ou (isto era o melhor) sob uma tempestade com raios. Quando as venezianas estavam levantadas, eu sabia que ia ter de ficar ali até que a visse fechar tudo.

Certa vez vi um homem encostado na esquadria da janela, seus ombros atrevidamente de fora, o queixo levantado. Fiquei com ciúme e tudo o mais, porém fiquei também muito excitado. Isso é certo. Eu podia ficar macambúzio e definhar, mas minha obsessão era seguramente, e goticamente, carnal. Mais tarde, embora eu não acreditasse nisso de fato, vim a admitir que fiquei muito perturbado com a história da ablução profilática. Eu costumava seguir certo padrão — agarramentos seminus, confusas transigências interpernais e arquejos subseqüentes; e isso acontecia em escadas, em becos e em prédios destruídos por bombardeios — ou sobre um tapete, ou contra uma mesa, com uma família ampliada amontoada do outro lado de uma porta trancada. O alívio "oral", que durava meio minuto, era o ato sexual preferido e necessário. E ofereço esse comentário final (muito vulgar, mas de todo gratuito) num espírito pedagógico, porque mostra que mesmo em suas transações mais íntimas as mulheres também eram afetadas pela realidade socioeconômica. Nos anos do pós-guerra, não existia nenhuma que não engolisse na União Soviética. Nenhuma.

Na falta desse pequeno rasgo de entusiasmo, a atmosfera sexual era de coerção: minha insistência carente de humor, a vacilante submissão delas. Assim, no torreão de Zóia, sob o seu cume de chapéu de bruxa, ou de apagador de velas, algo mais futurista do que a aquiescência feminina, ou mesmo do que a entrega feminina, estava à espera. Eu me refiro à luxúria feminina.

— Sabe o que você parece quando está com ela?

Liev perguntou isso, pensei, com dissimulada má vontade: eu tinha acabado de recusar sua proposta de jogar uma partida de xadrez com um aceno de mão descuidado, indicador de que aquilo era frivolidade. Portanto me preparei.

— Vou lhe dizer com o que você parece. Se você quiser.

Estava mais adiantado, e muito mais ativo, do que eu aos dezessete anos, em matéria de garotas. Assim como os amigos dele. Além do mais, a falta de moradias era ligeiramente aliviada pela falta de gente; havia um pouco mais de espaço e de ar — embora eu nunca soubesse ao certo até que ponto Liev tinha chegado naqueles intervalos de isolamento, com suas várias Adas e Olgas... O andamento da idade estava acelerando, ou tentando acelerar. A gente não pode se ver na história, mas é onde nós estamos, na história; e, depois da Primeira Guerra Mundial, da revolução, do terror, da fome, da guerra civil, da fome-terror, de mais terror, da Segunda Guerra Mundial, de mais fome, veio um sentimento de que as coisas só poderiam mudar. A insatisfação universal tomou a seguinte forma: todos em toda parte reclamavam de tudo. Sentíamos que a realidade ia mudar. Mas o Estado sentiu a nossa sensação e a realidade não mudou.

Muito bem, falei. O que é que eu pareço?

Ele às vezes tinha uma expressão que eu conhecia, que eu temia — um foco aguçado, um ar divertido, com um toque selvagem.

— Você parece o Vrónski quando ele começa a seguir Anna Kariênina. "Como um cão inteligente que sabe que fez uma coisa errada."

Transcrevo a fala de Liev da maneira normal, mas na verdade ele falava com uma gagueira. E a gagueira é algo que a prosa não pode reproduzir. Escrever "c-c-c-cão" é superficial ao ponto do insulto. E *gagueira* é, em todo caso, uma palavra pobre para descrever o que se passava com Liev. Parecia antes uma repentina incapacidade de falar — ou até de respirar. Primeiro, a tensão, o momentâneo lampejo de raiva de si mesmo, depois o narizinho se levantava e a luta tinha início. Meu irmão se mostrava bem longe do seu melhor aspecto, em tais momentos, com a cabeça esticada para trás e as narinas voltadas para a gente como um par de olhos importunos. Quando as pessoas gaguejam, a gente precisa saber esperar e assistir. Não se pode virar a cara e dar as costas. E, com Liev, eu sempre queria saber o que ele ia dizer. Mesmo quando era criança, antes de vir a gagueira, eu sempre queria saber o que ele ia dizer.

— Sim, eu receio que sim — disse ele, atiçando a brasa do seu cigarro. — E, seja como for, ela já tem um namorado.

Falei: Eu sei que tem. E eu estou só esperando ele cair fora.

— ... Ah, é isso — concluiu com satisfação (como se tirasse a poeira das mãos). — É isso o que você parece. Parece um cachorro esperto que sabe que está prestes a levar uma surra.

Meu irmão começou a fumar cedo. Começou a beber cedo também, e a ter namoradas cedo. As pessoas fazem as coisas cada vez mais cedo na Rússia. Porque não há muito tempo.

5. Entre os comedores de merda

As pessoas sempre falavam da luz esquisita que havia nos olhos dos comedores de merda — aquele brilho de comedor de merda. Eu ficava muito abalado quando identificava na luz estranha um flerte e algo peculiarmente feminino. Algo como a cintilação úmida do olho de uma tia imprevisível que bebeu demais na Páscoa e que está prestes a obedecer a um impulso que ela sabe ser imprudente — um beijo, um aperto, um belisco. Furtivo, embora não conspiratório, aquele brilho no olhar do comedor de merda tinha algo a dizer e algo a perguntar. Atravessei uma fronteira, dizia ele. E perguntava: Por que você também não atravessa?

Estávamos parados no meio deles, os comedores de merda, Liev e eu, do lado de fora da porta da cozinha trancada com ferrolho, no escuro e sob a chuva rala. A chuva rala quase nem caía, antes flutuava, como os mosquitos e os pernilongos de julho. Ele estava chegando ao fim de seu primeiro dia e eu escolhi aquele lugar para uma conversa que nós precisávamos muito travar. Os comedores de merda assomavam e oscilavam debaixo da lâmpada solitária, à espera da gorjeta dos últimos baldes despejados pelas janelas dos fundos. Nessa altura, os porcos raramente apareciam, raramente os perturbavam, porque não havia surra capaz de manter um comedor de merda afastado dos despejos. Parecia haver muito pouca dor física — onde eles viviam, para além da fronteira que haviam atravessado.

Mesmo no interior da classe dos comedores de merda, Vênus, havia dois escalões. Havia alguns comedores de merda que outros comedores de merda desdenhavam. Eram conhecidos como *comedores de merda de quatro*... Eu me demoro nesses detalhes, minha querida, nesses detalhes de manejadores de sovelas e cinzéis, de homens instruídos que comiam dejetos nas mãos e nos joelhos, porque eu quero que você pense na *estranheza* deles. Violência ferozmente direcionada, degradação drástica: tudo isso é terrivelmente estranho.

— Por que aqui é tão escuro? — disse ele.

Era uma queixa, não uma pergunta. Liev, o geógrafo obcecado, sabia por que ali era tão escuro.

— Sim, sim — disse ele. — Isto é o mês de fevereiro no Ártico. O sol vai surgir em março. O que estou fazendo, irmão? O que estou fazendo?

Eu estava preparado para aquilo. A maioria dos fascistas que pegaram penas de dez anos em 1937–38 foram presos de novo, em ordem alfabética, e sentenciados outra vez em 1947–48. E todos pareciam-se com Liev. Mais velhos, mais magros, mais ferozes — mas todos pareciam-se com Liev, o rápido e cintilante membro da *intelligentsia*, com seus sapatos imprestáveis (imensamente dessemelhantes, mas cada um deles era uma refeição de cachorro, feita de cordas puídas e pneus de carro), seu livro rasgado pela metade e seu paletó de verão andrajoso. E sempre acariciando os óculos quebrados. Enquanto isso, os novos fascistas eram homens que haviam passado cinco anos no Exército Vermelho. Para nós, o campo era simplesmente mais guerra, com uma diferença chocante. Nós tínhamos lutado contra os fascistas — os inimigos. Então o Estado russo, agora ele mesmo fascista, vinha nos dizer que *nós* éramos os fascistas e por causa disso nos prendiam e por causa disso nos escravizavam. Agora nós éramos os inimigos que tinham de ser atirados por cima dos ombros do mundo. Reparei que você e sua turma têm uma tolerância elevada com a autopiedade nos outros, por isso vou acrescentar o seguinte. O que tornou aquele naufrágio algo difícil de esquecer foi que a minha ferida de guerra latejava no frio de setembro até junho. Mas não devo ter autopiedade. Não devo ser o lacrimogêneo. Há outras coisas que não devo ser — o durão, o mártir. E não devo ser o indignado. Ou o sisudo. Isso é menos difícil. Os americanos são sisudos, os russos, quando estão com vontade, são sisudos. Mas eu prefiro as culturas mais galhofeiras, e os ironistas secos, que se encontram nas margens de noroeste da planície eurasiana.

O que você está fazendo?, comecei. Ah, vamos tratar disso depois. Primeiro... você não vai contar?

— Contar o quê?

Você sabe: "Deve ter havido um engano". Ou: "Se pelo menos alguém falasse para o Iossif Vissariónovitch".

— ... Por que diabos eu ia dizer uma coisa dessa? Eles prendem *por cotas*. É assim. Aposto que é.

Liev tinha razão. O Terror, também, era cumprido por cotas: tal quantidade de gente de tal região e de tal grupo social, em tal proporção, cotas, normas, índices.

— Você sabe o que aconteceu — disse ele. — Você e eu fomos vendidos como escravos. Toda essa palhaçada com interrogatórios, confissões e documentos, isso é só o processo de ser vendido como escravo. Parece muito romântico, não é? Ser vendido como escravo...

Olhou em volta. Não, nada havia de romântico em Norlag, em Predposilov.

— Puxa, era de esperar que fosse um lugar quente. Meu Deus.

Liev tinha dezenove anos. E já enxergava mais do que eu enxergava (eu não tinha cabeça para política, como logo vai ficar evidente). Recapitulando, agora, posso recordar meu acesso de medo quando me dei conta de que meu irmão caçula enxergava mais coisas do que o irmão mais velho. Aconteceu diante do tabuleiro de xadrez. Eu me senti exposto a uma capacidade maior de combinação, permutação, penetração. E ele sempre se afastava da opinião geral, do espírito geral. Salvo quando lhe era útil, ele jamais acompanhava a opinião de ninguém. Sempre fazia seus próprios cálculos. Estufava o lábio inferior rígido, ligeiramente fora de esquadro, baixava o foco do olhar e fazia seus cálculos.

E lhe perguntei: Que prisão?

— Butirki.

Butirki é incrível, não é?

Incrível. Na minha cela, tinha três professores universitários Vermelhos, dois compositores e um poeta. Ah, sim, e um informante. Eu tenho orgulho de ter ficado ali. Butirki é incrível.

Incrível. E como é que foi? Antes.

— O de sempre. Fui chamado no meio de uma aula na escola técnica. Muito educados. Depois, durante algumas semanas, tive de ir ao Canil dia sim, dia não para encherem o meu saco.

Um comedor de merda virou-se para nós, no escuro, e depois recuou com o antebraço enfaixado erguido. Falei:

Qual era a acusação? Ou não tinham nenhuma?

— Fizeram uma acusação. — Soltou um breve rugido e disse: — Elogiar os Estados Unidos.

Eu sabia que isso era um crime, sem dúvida, e com várias subdivisões. Havia bem pouco tempo, tinham chegado fascistas que cometeram aquele crime — Elogiar a Democracia Americana, ou Elogiar a Tecnologia Americana, ou Humilhar-se Diante do Ocidente. Não poucos de nós tínhamos visto alguma coisa do Ocidente; e mesmo em ruínas aquilo nos humilhava... Havia dúzias de *americanos* em Norlag, inclusive um *americano* americano. Veio aqui para participar da experiência soviética, declarou ao homem do Partido Comunista que emitiu seu passaporte que ele estava plenamente preparado para uma grande ruptura em seu padrão de vida. No mesmo dia, pegou o chamado *um quarto* — pena de vinte e cinco anos.

E você *estava* elogiando os Estados Unidos?

— Não. Eu estava elogiando as Américas. Estava numa fila com Kitty e elogiava as Américas.

Então nós dois fizemos algo que não esperávamos vir a fazer durante um bom tempo: rimos — e o nosso vapor tomou forma no ar e dissipou-se. Eu compreendi. "Américas" era o código entre irmãos para designar Zóia. E era também um *bom* nome para ela, porque lembrava o seu jeito de andar. A relação espacial entre os dois continentes, Vênus, foi mais bem evocada pelo exilado Nabokov: duas pessoas num trapézio, lá no alto, uma embaixo da outra, quando vão tomar impulso. Mas o jeito de andar de Zóia também o exprimia, o corporificava, a estonteante separação entre o norte e o sul, e depois a cintura, fina como o Panamá. Kitty era da família. Irmã verdadeira de Liev, como Vadim, o outro.

E a Kitty estava fazendo pouco das Américas?

— Sabe como é. Um pouquinho. Basicamente, Zóia faz Kitty sentir-se como uma caneta. Não. Como o Chile. Foi o que eu disse a ela. Você está com ciúme das Américas porque ela faz você se sentir como o Chile.

Falei: Eu pensei que Kitty gostasse muito da Zóia.

— Kitty tem fixação na Zóia. Mas ela diz que Zóia vai me destruir. Não de propósito. Mas é isso o que vai acontecer, no fim.

Vou me lembrar disso. Desde o início, vi logo que Zóia era uma exterminadora de poetas, e poeta (acmeísta, mandelchtamiano) era o que Liev, naquela fase, esperava se tornar, em certo sentido... Veio um estardalhaço lá de dentro e o som de vozes. Os comedores de merda levantaram as cabeças, com bocas e olhos sorridentes.

— Chile — disse Liev de repente. — É preciso ser uma *ilha* para ser menos cercado por outros países do que o Chile.

Fungou, enxugou o nariz e aprumou os ombros. O lábio superior, temporariamente em forma de bico, e seu olhar cauteloso: ele parecia aquilo que era — um adolescente com receio de ser ridículo, depois de um comentário vulnerável... Liev sempre tinha sido cedeefemente capaz de se entusiasmar com geografia. Recordo que uma vez ele disse:

— O Pacífico é o príncipe dos oceanos. O Atlântico é um mero *canal* comparado a ele.

E tinha toda uma teoria a respeito da geografia da Rússia, como ela determinava a sua história e o seu destino. Ah, Vênus, como éramos *bons* meninos, originalmente. Acho que já lhe contei que nossa mãe era professora primária... Na verdade, ela era um tipo de ser humano completamente distinto: era uma diretora de escola. E, portanto, uma águia de ambição.

— Vocês são membros da *intelligentsia*! — berrava conosco, não raro nas horas mais inesperadas. — Vocês servem a *nação* e não o Estado! — E lá estávamos nós, Liev e eu, com nossos livros e nossas revistas grossas, os nossos alemão, inglês, francês básicos, as nossas peças de xadrez pesadas, os nossos mapas e tabelas.

Falei, conforme tinha planejado: Você chegou ao inferno. Não preciso dizer isso a você. Aqui, o homem é o lobo do homem. Mas o engraçado é que é igual a qualquer outro lugar.

— Não, não é. Não é igual a qualquer outro lugar.

É, sim. Você veio por causa do Vad, acertei?

Vad, Vadim, era irmão gêmeo de Liev (fraternal — profundamente não idêntico), um garoto dissimulado, furtivo, astuto e "*muito* socialista", como nossa mãe dizia enquanto se abanava e soprava a beirada da própria sobrancelha. Atormentar Liev era o passatempo predileto de Vadim e o seu projeto para quinze anos. Eu dizia para Liev: Revide, revide. E não pare de revidar. E Liev revidava mesmo. Mas era sempre aquela única lambada, e depois se recolhia de novo para receber o seu castigo. Vad, em 1948, era um político militar em início de carreira, mas superativo, estacionado na Alemanha Oriental. A propósito, ele se parecia mais comigo do que com o seu irmão gêmeo. A tradição tácita da família tinha por certo que Vadim, implacável desde o útero, havia empurrado Liev para trás e depois sugara tudo o que havia de bom.

Falei: Até que chegou o dia em que você revidou e continuou a revidar. O que foi que mudou?

Sozinhos ou em duplas, os comedores de merda tinham começado a se retirar, de volta para o alojamento. Entre os remanescentes, alguns pareciam desestimulados pela deserção e pela conseqüente perda de esperança; outros piscavam os olhos animados — sonhavam com a parte do leão, com olhos irlandeses...

Liev disse:

— Eu estava diferente por dentro.

... *Merda*, falei. Isso me espantou. O que aconteceu com a sua gagueira? Onde foi parar a sua gagueira?

Fez que sim com a cabeça, num gesto firme, e disse:

— Ela fez isso. Depois da primeira noite, acordei e a gagueira tinha sumido. Dá para imaginar? Sabe o que significa? Significa que não posso morrer. Ainda não.

Não, você não pode morrer. Ainda não.

Vênus, você provavelmente está se maravilhando — eu pelo menos estou — com a minha calma e com a minha solicitude, e com a soberba cortesia da minha palestra fraternal com o marido da mulher que eu amava, o marido de Zóia, a curadora das gagueiras. A verdade é que eu estava em choque. E não "ainda em choque", tampouco: eu mal havia começado. Eu ia continuar em choque durante mais de um mês, sustentado por produtos químicos estimulantes. Eles me faziam bem moralmente. Eu piorava muito quando o efeito diminuía.

Falei: Aqui, *todo mundo* é Vad, com uma chave inglesa e uma chave de fenda nas mãos. E você não tem quinze anos para se adaptar. Não tem quinze horas. Tem só até amanhã de manhã.

Minha respiração parou suspensa no ar. Mesmo em junho, o ar da gente ficava parado no ar, como se você fumasse um charuto enorme e fumegante. Eles se afastavam um metro e oitenta e retornavam à nossa volta, aqueles cachecóis de fumaça.

A última luz da cozinha apagou, a última porta interna bateu e fechou e o último comedor de merda que restara foi-se embora chorando que nem criança, com o rosto nos punhos fechados.

Falei: O que você tem de fazer é o seguinte.

— Diga-me.

Eu lhe disse. E então falei: Você é aquilo a que ela está dedicando os seus vinte anos de idade. Meu Deus. Pense nisso. E quando fizer este frio, não coma neve. Vai ficar com sangue nos lábios e na língua. A neve queima.

Agora vou narrar sucintamente a conclusão do meu caso com Zóia. Agora vou narrar sucintamente a minha humilhação diante das Américas.

No dia 20 de março de 1946, aconteceu de eu estar sozinho com ela, no sótão em forma de cone, à uma e meia da madrugada.

Ela não tinha me convidado de fato para subir. Eu havia me unido a um grupo que foi lhe fazer uma visita. Não éramos bons comunistas, não mais; mas éramos excelentes comunitários. Comunidade: a força russa capital, ainda que o Estado agora a temesse e a odiasse. Os russos procuravam-se uns aos outros. Os russos faziam isso de fato... Sentamos em círculo, vestidos em nossos sobretudos. Não havia calefação nem luz. Não havia comida nem bebida. Tínhamos, eu lembro, um saco de papel com chá de laranja sem nome, mas nenhuma água. Constatou-se que o chá era, na verdade, uma casca de cenoura. E assim nós a comemos. Eles eram todos mais jovens do que eu; talvez fosse de esperar que eu falasse muito pouco. Não me importava se era muito óbvia, se era desalentadoramente óbvia, a minha determinação de ser o último a sair.

Porque agora eu sentia que eu tinha um prazo. Zóia, naquele dia, tinha feito algo, dito algo, que só poderia levá-la a ser presa, ou pelo menos assim me parecia. Vai soar frívolo para você, Vênus; mas não era frívolo. A escola técnica inteira falava do assunto. Depois das aulas, Zóia aparecia nas reuniões plenárias do Consomol, a Liga da Juventude Comunista. Lembro das assembléias do Consomol: tente imaginar algo a meio caminho entre uma reunião da Liga pela Abstinência e o Comício de Nuremberg. Quando saía, Zóia disse, num tom bastante audível, que a tônica do discurso de duas horas (seu título completo, eu lembro, era "A escória do desvio anarcossindicalista e a decisão do Comitê Administrativo da Cidade sobre a Reunião do Partido no Instituto de Mineralogia") tinha feito suas "tetas doer, de tão chata". E não não não não, a gente simplesmente não *podia* dizer uma coisa dessa. Era duplamente provocador, e ela estava triplamente ameaçada — chatice, tetas, judia. Naquela noite, toda vez que eu ouvia um carro ou um caminhão na rua, pensava: São eles. Estão aqui.

Alguns dias antes, enquanto eu levava Zóia até a escola técnica, um homem passou de bicicleta e gritou alguma coisa com a palavra *judia*. Perguntei para ela: Judia o quê?

— Piranha judia suja — repetiu ela sem ênfase.

Continuamos a andar. Falei: Isso acontece muitas vezes?

— Sabe o que eu gostaria? Gostaria de ser vulgar nos Estados Unidos. Gostaria de ser judia nos Estados Unidos, totalmente escandalosa. Se acontece muitas vezes? Pode passar uma semana sem acontecer nada. E aí acontece nove vezes num mesmo dia.

Lamento.

— Não é culpa sua.

Alguma coisa estranha estava acontecendo na União Soviética depois da guerra contra o fascismo: o fascismo. Com isso eu me refiro a uma ênfase anormal no *povo* (os Grandes Russos), juntamente com uma xenofobia anormal. O pogrom estava a caminho. Portanto havia razões sensatas, de fato razões interesseiras, para Zóia me olhar com benevolência. Uma coisa era exibir flagrantes ligações com seus camaradas de boemia, e sobretudo com seus camaradas judeus; outra coisa era ser a dedicada companheira de um herói de guerra alto e bonito, com suas medalhas e seu distintivo amarelo, que identificava um ferimento grave. Não tem muita graça dizer tudo isso. Mas estou contando para você, minha querida: esse é o sentido, esse é o significado cotidiano dos sistemas do Estado.

Sentei-me de costas para a janela e para o luar. As paredes respiravam ou eriçavam-se no escuro. Estiquei o braço — uma roupa (veludo), penas de avestruz, um pandeiro com borlas. Com a luz às minhas costas, eu podia fitar Zóia, vê-la isolada, inteira, com uma indiferença sem precedentes para os detalhes. E eu, em todo caso, estava tomado pela emoção. De maneira muito atípica para um russo, fui criado por minha mãe para ver o anti-semitismo como um reflexo da sarjeta; e a vergonha que eu sentia pela minha nação era tão forte que já havia destruído a minha memória da guerra. Ao mesmo tempo, eu estava perdido de admiração por ela — pela maneira como ela não se havia esquivado na rua e pela sua resistência, agora, quando todo mundo já estava mentalmente fazendo as malas de Zóia. Você, Vênus, tem depositada em você uma consciência disto, mas eu não: como é ser o outro. E sabemos, pelos memorialistas, da dor, da dor física, de usar a medalha de estrela, também amarela, o causticante crisântemo que é a estrela. Ter usado a estrela na própria carne... Metade dos judeus soviéticos foram mortos pelos alemães. E agora os russos começaram a olhar com raiva para a metade que restou. Estava vindo de cima, mas também vindo de baixo, vindo das profundezas.

Na porta, Zóia dizia boa-noite para o seu penúltimo convidado (suas despedidas interrompidas por um bocejo violento). Fiquei o tempo todo perguntando a mim mesmo como foi que aconteceu — como eu havia ficado ali e dado a alguém tamanho poder para me ferir? Na minha boca, não o costumeiro papo furado, mas uma aridez humilde — a garganta dolorida do amor rejeitado. Eu ia agir, porém, eu ia agir; e a Rússia ia me ajudar. Veja, quando as profundezas se agitam desse modo, quando um país toma o rumo das trevas, isso surge diante de nós não como um horror, mas como uma irrealidade. A realidade não pesa nada, e tudo é permitido. Levantei-me. Levantei-me e tomei um ar ameaçador.

Ela colocou a palma da mão no meu peito a fim de estabelecer uma distância, mas aceitou o beijo, ou suportou; e contudo, quando afastou a boca, reteve meu lábio superior por um segundo entre os dentes, e seus olhos moveram-se para os lados, de modo ruminativo; estava mascando uma idéia — mas não por muito tempo. Falei três palavras e ela falou três palavras. As dela foram:

— Você me assusta... — Um estímulo romanesco, você pode achar. E eu teria interpretado assim em outra ocasião. Mas no fundo eu sabia que ela não gostara do sabor do meu lábio.

— Eu sinto muito.

Durante vários segundos, fiquei parado com as mãos se contorcendo num agarramento mútuo. E então, eu, o estuprador condecorado, eu, que perseguira uma mulher durante uma semana inteira usando toda forma de bajulação, promessas falsas, suborno e chantagem, sem falar da explícita aplicação da brutalidade masculina — eu soltei um barulho semelhante ao arrulho abafado de um pombo, beijei a palma da mão de Zóia e saí todo trôpego, parecendo rolar pela escada inteira, até o fim.

Eles não vieram atrás dela, claro. Vieram atrás de mim. E entenda que não me pareceu a pior coisa do mundo, quando, dez semanas depois, me condenaram a dez anos.

Aquela era a sua primeira manhã e lá estava ele, no alojamento.

Foi o que disse para ele, quando estávamos no meio dos comedores de merda e seus vorazes redemoinhos de ar, seus olhos risonhos, eu lhe disse que ele ia virar defunto a menos que conseguisse achar, dentro do seu coração, algum assassino. Eu lhe disse que a aceitação do assassinato era aquilo que se exigia dele.

Aquele era Liev no pátio. Seu rosto, já vermelho-tijolo, tinha a testa cortada e um lábio partido. Durante a confusão da contagem de presos (e recontagem, e re-recontagem), muitos homens da sua brigada — uma brigada forte — corriam para um lado e para outro, ou pelo menos sacudiam os braços com força. Liev estava fazendo polichinelos.

PARTE II

1. Dudinka, 2 de setembro de 2004

A expressão "velho sujo" tem dois sentidos, e um deles é literal. Há um velho sujo a bordo que é esse tipo de velho sujo. Pode ser também um velho sujo do outro tipo, mas desconfio que as duas vocações não se combinam com facilidade. Agora me diga, Vênus: Por que eu me sinto tentado a seguir o rumo desse velho? Detesto me lavar, cada vez mais, a cada dia, e fazer a barba, e detesto meter a roupa suja em sacos de lavanderia e escrever "meias — 4 pares". Quase desatei a chorar, numa manhã dessas, quando me dei conta de que teria de cortar as unhas dos pés *mais uma vez*. Um velho sujo de verdade não ia nem ligar. Que lucidez e destemor, que bravura e orgulho. Sinto que admiro profundamente esse velho sujo. A sua barba descuidada e infestada, o seu hálito que emite raios da morte e seu sobretudo podre, de muitas camadas, são coisas com que todas as *outras pessoas* têm de se preocupar. O cheiro que o acompanha, e que o precede, é ligeiro: a gente percebe no instante em que ele entra na sala de jantar, mesmo que esteja a doze metros de distância. Comporta-se como se não fosse sua culpa e ele fosse inocente. Ele é limpo: de um modo misterioso, é limpo. Ontem ele desembarcou: eu o vi, a uma boa distância, levado de bote no meio de uma neblina — uma neblina talvez criada por ele mesmo — rumo ao que parecia uma fábrica de peixe enlatado que surgia furtivamente sob os beirais de um telhado na margem ocidental.

Mulheres não ligam para isso, porque banhos e chuveiradas são, pelo menos, "adoráveis e quentes" (essa era a expressão usada por uma namorada inglesa que tive, que você vai conhecer); e é interessante a admiração feminina pelo calor, combinada com a fartamente documentada tolerância ao frio. Mas o homem, eu creio, no fim acabava se chateando ao ponto da demência com essa história de não ficar sujo. Por outro lado, vejo que de fato é necessário, e que se torna mais necessário a cada dia. O fim dos oitenta: isso também tem conotações infelizes. Fim — mas não importa. Oitenta e seis não pode mesmo soar bem, de um jeito ou de outro.

Percebo que você deve estar virando a cara para o lado, num espasmo, umas três vezes por parágrafo. E não por causa da invariável morbidez do meu tema e da minha performance pobre, de maneira geral, a qual deve se deteriorar ainda mais. Não, eu me refiro à minha presteza para afirmar e concluir — ao meu apetite por generalizações. A sua turma, eles andam tão aterrorizados pelas generalizações que mal conseguem levar ao fim uma frase afirmativa. "Fui ao mercado? Para comprar suco?" Está certo, mantenha-se hesitante — mesmo quando já aconteceu. De forma similar, vocês dizem "Legal", quando alguém mais velho diria (no máximo) "Entendo" ou "Ah, é mesmo?". "Meu nome é Pete?" "Legal." "Eu nasci em Ohio?" "Legal." O que vocês querem dizer com esses "Legal" é o seguinte: por enquanto eu não faço objeção. Você não me ofendeu *ainda*. Ninguém foi humilhado *até agora*.

Uma generalização pode soar como uma tentativa de estereotipar — e não podemos admitir isso. Eu estou na outra extremidade. Eu adoto generalizações. E quanto mais abrangentes melhor. Estou pronto a matar em troca de generalizações abrangentes.

O nome da sua ideologia, se alguém vier perguntar, é ocidentalismo. Não teria a menor utilidade para você por aqui.

Agora, ao meio-dia, os passageiros e a tripulação do *Gueórgui Júkov* estão desembarcando em Dudinka com tanto triunfalismo quanto sua contabilidade permitir. Os alto-falantes explodem, e a minha ressaca também, e desço pouco a pouco a prancha de desembarque sob a zoeira e o escárnio de uma marcha militar. E é com isto que um porto se parece — uma banda de metais enlouquecida, com seus funis e torneiras torcidas, suas buzinas e apitos de nevoeiro e, à média distância, os tímpanos feitos de tambores de aço.

Mas isso é diferente. É um Marte de ferrugem, em vários matizes e diversos graus de concentração. Certas superfícies turvaram-se no tom de um recatado abricó, perderam suas cracas e asperezas. Em outros pontos, parece sangue arterial, recentemente derramado, recentemente seco. A ferrugem ferve e se eriça e a quilha da balsa virada de borco rebrilha sobre a água com uma fúria personalizada, como se a oxidação fosse um crime que ela jogasse ao pé da nossa porta.

Oscilando e cambaleando apoiado na minha bengala, penso nas palavras mais ou menos ridículas, derivadas do grego, para denominar terrores irracionais, muitos dos quais designam mais ou menos condições de saúde ridículas: antofobia (medo de flores), pogonofobia (de barbas), deipnofobia (de festas e jantares), triscaidecafobia (do número treze). Sim, são almas muito sensíveis. Mas há uma para ferrugem (iofobia); e acho que tenho isso. Tenho iofobia. A doença não me choca, agora, não me parece tão ridícula assim — ou tão irracional. A ferrugem é o fracasso do trabalho humano. O projeto, o risco, a experiência: o fracasso, a desistência, e depois ninguém veio limpar.

Um estupor de auto-satisfação: *esse* é o estado em que se deve ficar quando a vida da gente segue rumo ao fim. E não este estado — não o meu estado. Não é a morte que parece tão assustadora. O que assusta é a vida, a minha própria, e qual vai ser o seu cômputo final.

Há uma carta no meu bolso que ainda preciso ler.

As grandes afrontas — a gente chega a um ponto em que pôs todas para dormir. E aí as pequenas afrontas acordam e mordem, com seus dentinhos malvados.

O que me incomoda agora é o pudor incentivado pelo Estado na década de 1930. Eram os anos da minha adolescência e eu podia ter tido um início muito melhor. Lá estava eu soltando pipa com Kátia, colhendo cogumelos com Macha, patinando com Bronislava — o primeiro beijo, o primeiro amor. Mas o Estado não queria admitir isso. "Amor livre" era oficialmente classificado como uma deformação burguesa. Eles não gostavam, na verdade, era do item "livre". Mas também não gostavam do amor.

Só este ano apareceu — uma espécie de retrato dos costumes sexuais na corte de Iossif Vissariónovitch. E, sem surpresa, transpirou que a energia revolucionária tem seu aspecto erótico. O círculo do Kremlin, em suma, era uma colméia de adultério e suserania.

Era como a comida e o espaço para respirar. Eles podiam ter isso. E nós não. Por que não? O sexo não é uma fonte finita;

e o amor livre não custa nada. Mesmo assim o Estado, como eu creio que Nikita Serguéievitch apontou, queria dar a impressão de que a Rússia era estranha ao conhecimento carnal. Como você poderia dizer — Que *papo* é esse?

No cais, uma pequena frota de vans aguarda os passageiros mais ansiosos para chegar a Predposilov. Não, não somos muitos, somos deploravelmente poucos. O turismo para o gulag, disse-me o comissário de bordo com um indulgente dar de ombros, sempre deu prejuízo; e então ele fingiu dar um bocejo. Da mesma forma, no vôo da capital até o meu local de embarque, ouvi muito claramente uma aeromoça referir-se a mim (ela e uma colega estavam fazendo mais um drinque para mim) como "o chato do gulag na 2B". É bonito saber que esse pouco-caso quanto à escravidão russa — abolida, é verdade, já desde 1987 — conseguiu chegar à casta do turismo. Deixei a aeromoça para lá. Quem arruma confusão dentro de um avião hoje em dia pode acabar com quinze balas na cabeça. Mas o indulgente comissário de bordo do navio (muito agitado, muito adornado) agora sabe que aqui está alguém que ainda odeia e arde.

Despedimo-nos e estou sozinho no cais. Quero chegar à cidade do Ártico do modo que cheguei da primeira vez, e estou pegando o trem. Após dez ou quinze minutos, e após alguns palavrões (mas sem regatear), um estivador sóbrio e sensato concorda em me levar até a estação em seu caminhão. Qual é o problema comigo — por que tantos palavrões e gorjetas? Talvez meu comportamento tenha a intenção de ser exemplar. Muitas vezes eu transgrido, é verdade; mas pelo menos sou pontual em minhas reparações, em minhas desculpas em forma de dinheiro vivo.

A luz incerta do Ártico, me dou conta, faz meu relógio biológico acelerar ou andar muito devagar; todo dia sinto como se tivesse acordado de madrugada ou como se tivesse dormido vergonhosamente em excesso. As cores dos carros também não parecem muito certas, como são as cores dos carros em toda parte, mas aqui é como se fossem vistas ao crepúsculo sob a luz dos postes. Minha ressaca não se desfez. Todos os prédios, todos os blocos retos e de altura média, erguem-se em robustas pernas de pau, pilares cravados bem fundo na terra congelada que se derrete e no leito de rochas subterrâneas. Esse é o mundo dos porões rebaixados.

A teoria geográfica de Liev sobre o destino da Rússia não era só dele, e historiadores sérios agora a defendem. A planície do Nordeste da Eurásia, com suas temperaturas excessivas, seu solo avaro, sua distância em relação às rotas comerciais do Sul, sua falta de oceano, a não ser o Ártico; e depois tinha o Estado russo, com sua expansão compulsiva e autoprotetora, seu império de terra formado por vinte nações, suas fronteiras da dimensão de um continente: tudo isso demanda um centro pesadamente autoritário, uma vasta e vigilante burocracia — senão a Rússia se desfaz.

Nossa galáxia também se desfaria se não fossem os imensos buracos negros em seu núcleo, cada um do tamanho de um sistema solar, e a presença a toda volta de matéria negra e de energia negra, protegendo a força atrativa que vem do centro.

A explicação atraía meu irmão porque, disse ele, tinha "o tamanho certo": o mesmo tamanho da massa de terra. Podemos balançar a cabeça e dizer que a física criou isso. A geografia criou isso.

Com seu reboco azul-claro e seus arremates em cor creme, a estação ferroviária parece um caramanchão de verão, contudo o bar onde eu espero está sombriamente congestionado (de gente local, não de viajantes), e isso me conforta. Até agora, a escassez humana de Dudinka me dava a sensação de queda livre ou de uma levitação iminente. E as memórias da minha primeira viagem aqui, em 1946, são como um sonho terrível de constrição humana, de multidão inconcebível e de ajuntamento e aperto.

Um litro da melhor vodca norte-coreana, percebo, custa menos do que um litro de cerveja russa aguada. Há também uma firme recomendação, feita pelos freqüentadores, do *oloroso*, ou vinho reforçado ("xerez doce"). *Oloroso* é uma bebida de bêbado, na verdade, e esse troço não tem nada a ver com a cidade de Jerez. É a distinção que Dostoiévski faz quando acrescenta, numa mesa já agourentamente sobrecarregada de bebidas alcoólicas, "uma garrafa do xerez mais forte das adegas nacionais".

Minha ressaca continua a se deteriorar. Ou talvez eu devesse dizer que a minha ressaca continua a florescer? Pois de fato ela transcorre maravilhosamente bem. Eu quero muito isso, preciso muito disso, mas não fico bêbado há quinze anos. Lembra? Eu estava na cama, numa tarde de domingo, e morria sossegado. Volta e meia, murmurava *água* — em russo. Um sinal de uma necessidade verdadeiramente brutal. Você entrou com as pernas duras, cabeça baixa, muito concentrada: não queria derramar o líquido claro no copo grande que trazia nas mãos.

— Tome — disse você. Estiquei o braço murcho. E depois: — É vodca. — E absorvi a inteligência maldosa de seu olhar. Nessa altura, eu estava casado com sua mãe. Você tinha nove anos.

Na televisão, pendurada no alto da parede, agora aparece a

imagem familiar e assustadora do prédio de tijolos vermelhos em forma de E. Chego mais perto, a tempo de ouvir mais uma inverdade: que "não há planos" para invadir a escola. Então, de repente e sem explicação, a tela congela e a Escola Número Um é substituída por uma novela feita na América Latina *in media res* — e, como sempre, debaixo de uma polegada de maquiagem, uma velha e chorosa sedutora acusa um gigolô insolente. A ruptura passa despercebida, ou pelo menos sem aviso. Meu instinto é o de ter mais um custoso acesso de raiva — porém direcionado para quem, e com que finalidade? De todo modo, não consigo suportar, então pago, e dou a gorjeta, e puxo minha mala sobre rodinhas para a plataforma, e fico olhando para os trilhos, de bitola estreita, que levam para a cidade do Ártico.

Não, minha jovem, não desliguei meu telefone. É que andei usando muito o telefone — Escola Número Um na Ossétia do Norte. Eu era, como você sabe, um figurão mais ou menos importante na Rússia, na época em que fui embora, e tinha muitos contatos no meio militar. Talvez você também se lembre do problema não muito grave que isso me trouxe até 1991, quando o atestado, feito em Paris, declarou a morte do experimento russo. Desse experimento russo específico. Meus contemporâneos, é claro, já se foram faz muito tempo e, em muitos casos, trato com os filhos dos homens que eu conhecia. Eles conversam comigo. E tenho ouvido coisas extraordinárias.

Agora as crianças estão com roupas de baixo e sentadas com os pais e os professores no chão do ginásio minado. As minas enfiadas em pinos de ferro estão presas nos aros das cestas de basquete. Quando as crianças gritam e pedem água, são silenciadas por um tiro contra o teto. A fim de ajudar a ventilação, algumas janelas do ginásio foram solicitamente espatifadas, mas os assassinos, ao que parece, continuam determinados a causar a desidratação de seus reféns, se é que são reféns, e arrebentaram as torneiras a cacetadas, nas cozinhas e nos banheiros. As crianças agora estão reduzidas, e algumas são obrigadas a beber o suor e a urina filtrada em camadas de roupa. Por quanto tempo uma criança consegue sobreviver sem água num grande calor? Três dias? É claro que há planos para invadir a escola.

Será revelado, *post mortem*, que os assassinos estão sob o efeito de heroína e morfina, e algumas doses serão classificadas como "acima da quantidade letal". Quando o efeito do analgésico diminui, o que estava dormente fica em carne viva; não paro de pensar no assassino de cabelo vermelho e em como sua barba cor de ferrugem vai coçar e pinicar. Pogonofobia... A Ossétia do Norte começou a me lembrar outro massacre numa escola, cheio de insolência, movido a drogas — Columbine. Sim, eu sei. Columbine não foi por política, mas por pura recreação, e acabou em questão de minutos. Apenas uma brevíssima visita, naquela ocasião, ao universo paralelo onde assassinar jovens é considerado divertido.

Agora andam dizendo que os assassinos, que "não fizeram exigências", são *jihadistas* da Arábia Saudita e do Iêmen. *Jihadistas* eles podem muito bem ser, mas certamente são da Tchétchnia e o que querem é a independência. O motivo por que isso não pode ocorrer, Vênus, é que a Tchétchnia, depois de séculos de invasão russa, de opressão, depois da deportação em massa e (mais recentemente) dos bombardeios, agora está organicamente enlouquecida. Portanto o líder está numa enrascada, assim como Iossif Vissariónovitch achava que estava com os judeus em 1948: "Não consigo engoli-los e não posso cuspi-los". Só podia mascar.

No início do sítio ao teatro em Moscou — Dubrovka — em 2002, os assassinos soltaram algumas crianças. Na Ossétia do

Norte, sente-se que, se alguém vai ser libertado, serão os adultos. E lembramos como Dubrovka terminou. Com a maior boa intenção do mundo, a polícia secreta fez algo que teria recebido os maiores impropérios em qualquer outra parte — no Curdistão, por exemplo. Intoxicaram com gás seus próprios civis.* Você ficou apavorada, eu lembro, como ficaram todos os ocidentais; mas aqui foi considerado um grande sucesso. Sentado a uma mesa diante de um café-da-manhã em Chicago, desrussificado e anglófono, lendo o *New York Times*, até eu me vi murmurando: Humm, nada mau.

Claro que há planos para invadir a escola. Dizer *planos* corre o risco de parecer extravagância, talvez, mas de um modo ou de outro a escola será invadida. Isso nós sabemos porque a Spetsnaz, nossas forças de elite, estão comprando balas dos habitantes locais, que se aglomeram em redor com seus mosquetões e suas espingardas de pederneira.

Os seus amigos, os seus iguais, os seus pares secretos, no Ocidente: o único escritor russo que ainda lhes diz algo é Dostoiévski, o velho fanfarrão, o ex-condenado, e gênio. Todos vocês o adoram porque seus personagens são ferrados *de propósito*. Isso, no fim, era o que Conrad não conseguia tolerar no velho Dosto e seus santos idiotas, seus ricaços sem dinheiro, seus estudantes esfomeados, seus burocratas paranóicos. Como se a vida já não fosse o bastante, eles se dedicam à invenção da dor.

E a vida não é nada difícil, não para vocês... Estou pensando na sua primeira leva de namorados — oito ou nove anos atrás.

* Imobilizados por um "aerossol anestésico", todos os trinta e cinco seqüestradores foram executados *in situ*. Dos setecentos reféns, cento e trinta foram mortalmente intoxicados. Os números são aproximados.

O ar de "estou fodido" que todos ostentavam, com os jeans folgados balançando nas cadeiras, os tênis esfarrapados. Isso é um estilo de prisão: nada de cinto nem cordões — para que a gente não se enforque. Ao olhar para aqueles garotos, com suas cabeças raspadas, seus narizes amassados, orelhas escarificadas, sentia-me de volta a Norlag. É isso a invenção da dor? Ou uma pequena reencenação das dores do passado? O passado tem um peso. E o passado é pesado.

Não estou dizendo, nem por um momento, que a sua anorexia foi *voulu* em qualquer sentido. A força da coisa retirou de mim toda a coragem, e sua mãe e eu soluçamos quando vimos a fita na TV de sua silhueta escura, igual a um caniço ambulante, com algumas protuberâncias, fazendo flexões de braço ao lado de sua cama no hospital no meio da noite. Acrescentarei apenas que quando você foi para o outro lugar, aquele chamado Manor, e eu vi uma centena de vocês através das grades de arame do estacionamento, foi impossível não pensar em outra cena simbólica do cenário do século XX.

Perdoe-me. E, de todo modo, não são só os jovens. Há um fenômeno ocidental chamado crise masculina da meia-idade. Muitas vezes é precedida pelo divórcio. O que a história podia ter feito a você, você o provoca de propósito: a sua separação da mulher e dos filhos. Não venha me dizer que esses homens não estão sentindo o antigo sabor da morte e da derrota.

Nos Estados Unidos, com o divórcio realizado, o homem de meia-idade pode esperar ser mais recreacional, mais discricionário. Pode quase planejar o tipo de crise que vai ter: motocicleta, namorada adolescente, vegetarianismo, *jogging*, automobilismo, namorado maduro, cocaína, dieta drástica, barco a motor, mais um filho, religião, transplante capilar.

Aqui, agora, não há espaço para as suas crises masculinas

de meia-idade. Está na sua frente e é sempre a mesma coisa. É a morte.

O trem sacode e trepida pelas formações do solo da tundra: a grande página em branco da Rússia, à espera das letras e das frases da história. Sem montanhas, sem vales, só lombadas e depressões. Aqui, a variação topográfica é obra do homem: gigantescas goivaduras e curetagens, e pirâmides de escória. Se você visse uma montanha, um platô, um despenhadeiro, isso tomaria o vulto de um planeta. Existe um morro oco em Predposilov que é chamado de montanha, o monte Schweinsteiger, batizado em homenagem a um geólogo (alemão-russo, eu creio, da bacia do Volga) que descobriu a presença de níquel aqui no final do século XIX. Nas planícies de árvores sem ramos, erguem-se postes, sem nenhum cabo preso a eles.

Nosso pequeno trem é um zeloso cargueiro local de almas, que as transporta das cidades-dormitório rumo ao Kombinat. Há alguns rostos muito esgotados entre os passageiros, e outros muito novos também (cabeças-de-bagre raspadas, com blusões de ginástica presos por cordões), mas todos usam máscaras de calma de dormitório, sem consciência de nada fora do comum, sem consciência de nada que pareça um pesadelo e seja inesquecível.

Assim, nesta viagem, como dizem, estou refazendo meus passos — numa tentativa de trazer tudo de volta? Para fazer isso, eu precisaria descer abaixo da linha-d'água do *Gueórgui Júkov* e induzir os passageiros e a tripulação a cobrir-se de merda, enjoar e depois deitar-se em cima de mim durante um mês e meio. De forma semelhante, este trem, de janelas trancadas, seus vagões subdivididos em jaulas de arame, os mortos e os vivos todos apertados e de pé, teria de ficar parado num desvio, abandonado, até meados de novembro. E não há gente bastante — simplesmente não há gente bastante.

Faltando uma hora, o trem faz uma parada num povoado humilde chamado Coerção. Está escrito na plataforma: Coerção. Como explicar esse rasgo de franqueza? Onde estão as aldeias irmãs Fabulação e Amnésia? Quando partimos de Coerção, o vagão é subitamente visitado por uma nuvem explosiva de mosquitos e, numa unanimidade silenciosa — sem palavras nem sorrisos ou olhares, sem nenhuma sensação de um propósito comum —, os passageiros se lançam a matar todos os mosquitos, até o último.

Quando todos estão mortos (entre mãos que batem palmas ou esmagados contra as janelas), pode-se ver o horizonte raso: a neblina pesada, como um tosão que se torna amarelo nas beiradas, a postos para aquecer a cidade.

2. “Ah, eu consigo agüentar”

Falei para Liev, mais de uma vez, que suas chances de sobrevivência eram razoavelmente boas. Foi um palpite. Agora podemos fazer as contas.

No gulag, não se pode dizer que as pessoas morriam feito moscas. Em vez disso, as moscas é que morriam como as pessoas. Ou pelo menos era o que se dizia nos anos anteriores à guerra, quando os campos se tornaram letais, como uma parte do ímpeto do Terror. Havia flutuações, mas no geral o índice de morte era determinado pela disponibilidade de comida. Em larga escala e de forma vergonhosa, o sistema dos campos era um fenômeno de comida.

No “Faminto ‘33”, um em sete morria; em 1943, um em cinco; em 1942, um em quatro. Em 1948, o índice baixou novamente em todo o sistema, e as chances não eram piores do que na dura e dinâmica União Soviética, ou “o grande fuso horário”, como era universalmente conhecida no campo: a zona de doze fusos horários. Em 1948, as moscas haviam parado de morrer como as pessoas, e as pessoas tinham voltado a morrer como moscas.

Contudo, ali era o Ártico. E havia a questão da massa física. O que o corpo faz, no campo, é consumir a si mesmo lentamente; meu irmão agora estava mais grosso nos ombros e no peito, mas com um metro e sessenta de altura ele continuava a ser uma refeição parca. Um atuário talvez pusesse a questão nestes termos: se houvesse dez Liev em Norlag em 1948, um deles iria morrer. Isso ainda não queria dizer que ele tinha uma boa chance de sobreviver em 1948. Faça as contas e as perspectivas dele eram exatamente zero. Não, menos do que zero. Pois transpirou, Vênus, mais ou menos no fim da primeira semana, que meu irmão não era apenas um fascista. Era também um pacifista.

Não posso aqui fazer um levantamento exaustivo dos problemas de Liev durante a sua naturalização e, na medida em que o faço, é porque tudo o que aconteceu com ele em Norlag se juntou e convergiu na noite de 31 de julho de 1956, na Casa de Encontros. Esse foi o momento crucial da Rússia. E o meu também.

No decisivo primeiro dia de trabalho geral, Liev foi escalado para "limpar a terra", junto com uma brigada forte. O que significa que ele foi baixado para dentro de um poço às seis da manhã, munido de meia pá, e içado de lá doze horas depois. A equipe voltou para o alojamento pouco antes das oito. Esquadrinhei seus rostos; olhei tão fixamente que senti como se meus olhos tivessem a capacidade de esculpi-los no ar. Sim — Liev estava entre eles. De cabeça baixa, sem ombros, pernas arqueadas; mas estava entre eles. Percebi então que Liev tinha cumprido a norma. Se não tivesse, teriam-no deixado lá embaixo até terminar. O líder da equipe, o lituano Markargan, teria cuidado disso. Era uma brigada forte.

No fim da semana, seu rosto não estava mais vermelho como tijolo. Estava preto e azul.

Você é o *quê?*, perguntei.

— Um pacifista. Não quis contar para você na primeira noite. — Cuspiu, com sangue, e esfregou os lábios polpudos. — Não-violência, esse é o meu programa.

Quem acertou a sua cara?

— Um tártaro que estava de olho na minha pá. Ele está com a outra metade da pá. Eu não ia brigar, mas também não ia abrir mão dela. O tártaro cismou com isso. Ontem praticamente separou minha mão do pulso, olhe só. Tenho dezenove anos. Vai ficar bom. E não abri mão da pá.

Que história é essa?, falei. Você pode brigar. Já vi antes. Durante um tempo, você tinha até muito talento para lutas, muito impetuoso, depois que bateu em Vad. E agora está mais forte. Eles puseram você para cavar valas na rua durante quatro anos. Você não é nenhum fracote.

— Não estou mais fraco. Mas sou um pacifista. Ofereço a outra face. Escute — disse ele. — Não sou Ghandi, não acredito no Paraíso. Se minha vida estiver ameaçada, vou lutar para defendê-la. E acho que eu lutaria para defender a sua vida. Eu não conseguiria evitar. Mas é só isso. Tenho minhas razões. Tenho a minha razão. — Balançou a cabeça e cuspiu outra vez. — Também não contei para você uma coisa. Mataram Solomon Mikhoels.

Solomon Mikhoels era o judeu mais famoso da Rússia: ator venerado e representante diplomático intercontinental. Durante a guerra, ele mobilizou os judeus americanos e levantou milhões de dólares. Certa vez, representou para Iossif Vissariónovitch, no Kremlin. Shakespeare. *Lear.*

— Os órgãos de segurança o mataram. "Acidente rodoviário." Espancaram até morrer e depois um caminhão o atropelou. É chocante. Zóia vomitou quando soube.

Falei: Você não pode fazer nada. Qual é o nome do tártaro? Você não está lá. Você está aqui.

— É isso mesmo. Estou aqui.

Veja, Liev havia acabado de me contar que, após uma semana no alojamento — um dos mais revestidos e recamados em todo o Norlag —, ele ainda dormia no chão. Sinto que há necessidade de grifar: *no chão*. Era uma coisa que não se podia fazer. Lá, a pessoa sacolejava no meio de um monte de esponjosos comedores de merda, fascistas decrépitos e (outra subseção) Velhos Crentes que avançavam palmo a palmo rumo ao martírio. E o cheiro, o cheiro... Quando a horda de mongóis da Idade das Trevas se aproximou da nossa cidade, já feria os ouvidos mesmo a certa distância dos muros. Mais apavorante do que o barulho era o cheiro, cultivado deliberadamente com este propósito — a militarização da poeira, das cabeças cabeludas, dos sovacos, da bunda, dos pés. E o hálito: o hálito, reforçado mais ainda pela dieta mongol de leite de égua fermentado, sangue de cavalo e de outros mongóis. Assim também era no campo. O cheiro era punitivo, usado como arma. O chão dos alojamentos era onde ele se concentrava — todo o hálito da zona dos campos.

— Tudo desce em cima da gente — admitia ele. — Meto a mão na minha camisa para pegar um punhado de piolhos. E se são só uns piolhos pequenos, eu penso Dane-se, e coloco de volta no lugar.

Havia cerca de quinze motivos para ele não poder ficar ali embaixo. Liev tinha de conseguir chegar à segunda bancada. As tábuas mais do alto eram, é claro, os poleiros inalienáveis dos urkas, dos brutamontes, das putas; mas Liev tinha de conseguir chegar à segunda bancada.

Portanto, expliquei tudo outra vez, com voz séria e suave. Markargan vai ficar do seu lado, eu lhe disse. Ele precisa do seu trabalho, do seu sono, da sua saúde. Você não vai ficar muito tempo nessa brigada, portanto meta o cacete *agora*. Meta a cara. Para o beliche de baixo, pegue alguém que esteja com ração reduzida. Eles não vão brigar por muito tempo. Depois negocie esse beliche por um do meio. Dessa vez pegue um sanguessuga. Ele chegou até lá por meio de algum suborno. Puxe o cara para baixo.

— ... Com que direito?

Eu supunha que se Liev algum dia parasse para pensar, me acharia muito reduzido, em termos humanos. E era o que ele de repente parecia estar fazendo. Para mim, agora, a violência era um instrumento neutro. Nem era diplomacia por outros meios. Era a moeda corrente, como o tabaco, como o pão. Eu lhe disse:

Com que direito? O direito de viver. Chamam você de fascista. Então aja como se fosse fascista.

Liev não ia fazer isso. Ficou no chão. E em conseqüência vivia doente. “Pelagra”, disse Janusz, o jovem médico preso, e abanava as mãos abertas. Era uma deficiência que se anunciava na forma de dermatite, diarréia e desorganização mental. Com descargas de dejeções quentes na superfície congelada da tundra, com suores frios no caldeirão do alojamento, e tremores, sempre com tremores, Liev trabalhava duro numa brigada forte.

A uma das concisas caracterizações de Conrad da vida russa — “a freqüência do excepcional” —, eu gostaria de acrescentar mais uma: a freqüência do total. Estados totais, com os nossos sofrimentos selecionados, como que num cardápio, pelo nosso inimigo jurado.

Falei, anteriormente, que fiquei em estado de choque com Zóia — e isso é verdade. Durou até o dia em que o sol subiu. Dava para ver a coroa do sol, um líquido perolado lambuzava a beira da tundra. O longo eclipse havia terminado: dedos apontavam, e havia um resmungo, um balbucio borbulhante entre os homens. E eu também me alcei para fora do eclipse e da obscuridade. Não estava mais entorpecido pela química da calmaria.

Então comecei a examinar minhas perdas. Elas eram graves. Dei-me conta de que agora não havia nada, absolutamente nada em que eu gostasse de pensar... Muitos pecadilhos mais ou menos lamentáveis, no campo, eram largamente praticados; mas o onanismo não era um deles. Os urkas o faziam, e em público. E creio que os rústicos mais jovens o exercitavam durante um tempo. Quanto ao resto de nós, tornou-se parte do passado. Porém todos tínhamos os pensamentos. Acho que todos ainda tínhamos os pensamentos.

Eu ainda tinha. Toda noite, eu punha em cena a minha experiência. Entrava num quarto onde Zóia dormia. Era o final de uma tarde. Zóia estava deitada no meio de uma porção de travesseiros fulgurantes, de anágua ou camisola curta (aqui, e só aqui, alguma variação era permitida). Eu me sentava a seu lado e pegava sua mão. Beijava seus lábios. Então chegava o momento da transformação, em que ela se excitava, mergulhava em meus braços, e a coisa tinha início.

Essa miragem noturna costumava dar a sensação de ser uma fonte de energia — um reatamento com as energias vitais. Mas agora aquilo estava me enfraquecendo, me corroendo. E à medida que o sol foi abrindo caminho acima do horizonte, comecei a dizer a mim mesmo, de início num sussurro de insônia, depois em voz alta à luz do dia, comecei a dizer: Eles não tinham a intenção de fazer isso, mas foi o que fizeram. Atacaram a minha vontade. E é só o que eu tenho.

* * *

Você tem sorte, garoto, eu lhe disse.

Era seu segundo dia de repouso, e Liev ficou sentado se coçando junto ao muro baixo, no pátio. Levantou os olhos furtivos para mim e disse:

— Sorte como?

Recebi minha carta anual hoje. Kitty.

— ... Onde está?

Quando a segurei na mão, Liev levantou-se — mas vacilou e recuou. Entendi. No momento da prisão, a gente já se sente subitamente desaparecido. Na prisão, a gente já é uma ex-pessoa e já é um morto. No campo, a gente tem quase certeza de que nunca existiu. Cartas de casa são como comunicações de um médium debilitado, alguma enfermiça Madame Sosostris, com suas folhinhas de chá e sua tábua rachada com as letrinhas soltas para os espíritos combinarem e transmitirem suas mensagens.

Não posso lhe mostrar tudo, falei. *Eu sou* o censor. Mas as notícias são boas.

Em linguagem eufemística, Kitty contou a prisão de Liev e sua esperada partida rumo a "um destino ignorado". Em conseqüência do seu segundo desaparecimento, a família "infelizmente" perdeu o apartamento. E a mãe perdeu o emprego. Kitty disse também que "a gripe" andava muito virulenta na capital e que Zóia e sua mãe tinham voltado para Kazan.

Falei: Onde a gripe não é tão ruim. No final, são boas notícias.

Ele inclinou-se para mim e estreitou o rosto contra meu peito.

— Você me deixa muito feliz, irmão. É isso... *tire-a da cidade*. E não me interessa o que mais Kitty contou.

Isso vinha bem a calhar. Kitty contou que ela achava inconcebível que Zóia fosse "esperar" por Liev. Segundo ela, Zóia já tinha um novo favorito na escola técnica e "vivia grudada nele" na cantina. É meu dever solene, Vênus, reconhecer o prazer grosseiro que essa frase me deu.

Falei: O que você espera? É a Kitty.

— É verdade. É a Kitty.

Sim, era a Kitty: uma narradora nada confiável. Eu queria alguém mais fidedigno para me dizer que aquilo era verdade — a história de Zóia viver grudada em seu novo favorito. Eu queria alguém mais parecido com Gueórgui Júkov ou, melhor ainda, Winston Churchill, para me dizer que aquilo era verdade.

— Você pode responder a carta? — perguntou.

Supostamente, estou apto a responder. Mas eles não gostam de mim. De todo jeito, nunca há nada com que escrever. Nem em que escrever.

— Por que eles não gostam de você? Quero dizer, posso pensar em um ou dois motivos. Mas por quê?

Os cachorros.

— Ah. Os cachorros.

Eu era muito famoso no campo pelo modo como lidava com os cachorros. A maioria dos prisioneiros, inclusive Liev, tinha um medo terrível deles. Eu não. Quando eu era bem pequeno e mal sabia andar, tínhamos uma cadela borzói do tamanho de uma mula. Nem consigo me lembrar do bicho; mas ela me transmitiu uma coisa antes de ir embora. Não tenho o menor medo de cães. Então em geral eu deixava os cachorros mansinhos. É só um cachorro, imbuído da natureza de um porco. É só um rosnado, à espera para ficar mansinho. Eu até me atrevia, muitas vezes, a bater para fazer os cachorros ficarem mansinhos.

Liev disse:

— Fui até a casa da guarda e perguntei. Na minha ficha está escrito: Sem direito a correspondência. Pensei que era um código para execução imediata. O porco também. Ele ficou o tempo todo olhando a ficha e olhando para mim. Eu não tenho o direito. Mas vou agüentar. Vou conseguir.

Falei, de forma inverídica: Estou contente por você não estar preocupado com Kitty. E com Zóia.

— Preocupar? Sou bom em matéria de preocupação. Quando comecei a ser amigo dela, antes, eu tinha medo de que alguém a engravidasse. Mas não ficou grávida. Não pode. Fez um aborto com dezesseis anos e não pode engravidar. Então passei a ter medo de que ela fosse presa ou espancada na rua até morrer. Mas outros homens, é o que você está pensando? Não. O negócio com ela... Zóia é do tipo cem por cento. E eu também agora. Meu, eh, meu status como não-combatente. Isso é por ela. É por nós.

Você fala por meio de charadas, Liev. Não entende que o que você fizer aqui não conta?

— Não conta? Não vai contar? Você não está vendo, não é? Vai contar, sim.

Por cima de tudo o mais estava também o enorme brutamontes, Arbatchuk, que se tomou de afeição por meu irmão, no que parecia ser da pior maneira possível. Toda noite ele o procurava. Por quê? Para desgrenhá-lo, insultá-lo, beijá-lo e fazer cócegas. Era moda, naquele tempo, um brutamontes pegar um fascista para ser seu bichinho de estimação, embora Liev dissesse que era o contrário.

— De repente, virei o melhor amigo de um mandril — dizia ele, mas estava falando da boca para fora, porque estava muito assustado, e com razão. Quando Arbatchuk abria caminho com os ombros através dos alojamentos, com suas tatuagens e seu sorriso gosmento, salpicado de ouro, Liev fechava os olhos por um segundo e a luz passava por seu rosto. Tudo o que eu podia fazer quanto a Arbatchuk era indicar, com um olhar e um movimento dos ombros, que se aquela história fosse longe demais ele teria de se haver comigo também. Liev dizia que era muito pior quando eu não estava lá. Então eu sempre ficava lá. E quando eu não podia ficar, a gente pedia ajuda a Semion e Johnreed, dois veteranos oficiais de alto escalão, um coronel e um capitão, ambos Heróis da União Soviética — uma honra que, na prisão, lhes foi naturalmente retirada... Você deve estar se perguntando sobre esse nome: Johnreed. Muita gente da idade dele tinha esse nome, Johnreed, por causa de John Reed, autor de *Dez dias que abalaram o mundo*. Havia tantos Johnreed no campo que eles alcançaram o status de um filo, os *Johnreeds*, como os *Americanos* e, mais tarde, os *Médicos* — os médicos judeus. Em seu relato emocionado da Revolução de Outubro, o livro de John Reed mal fala em Iossif Vissariónovitch e ele o baniu, desse modo puxando o tapete, por assim dizer, sob os pés de todos os Johnreed.

Arbatchuk sempre trazia uns bocadinhos de comida para Liev, que sempre recusava. Não eram só nacos de pão, mas pedaços de carne — picadinho, salsicha — e certa vez uma *maçã*.

— Não estou com fome — dizia Liev. Eu não conseguia acreditar: estava ali ao lado de Arbatchuk, que enfiava a língua em sua orelha, e metade de uma costeleta de porco balançando embaixo do nariz, e dizia: — Não estou com fome.

— Abra! — dizia Arbatchuk, espremendo na mão as articulações da mandíbula de Liev.

— Não estou com fome. Essa tatuagem, Cidadão. Só consigo ver a última palavra. O que ela diz?

Lentamente e com ar soturno, Arbatchuk arregaçava a manga. E lá estavam as letras machucadas: *Você pode viver, mas não vai amar*.

— Uma mordida. Abra!

— Comi a ração completa. Não estou com fome, Cidadão. Trabalho numa brigada forte.

A exemplo de um homem que não consegue perdoar o passado de uma mulher e tem de espezinhá-la dia sim, dia não, à noite, e obrigando-a a refazer todos os passos na corda bamba ("Ele tocou você *onde*? Você beijou *o que* dele?"), eu procurava Liev em busca das narrativas da maior de todas os dores. Conheço esse tipo de homem porque eu sou ele — ele sou eu. Nos últimos anos, era o único modo de eu saber com certeza que eu estava achando uma mulher interessante: eu queria que ela confessasse, denunciasse, informasse. E elas gostavam bastante, no início, porque parecia que era uma atenção. Mas logo passavam a ter pavor. Logo sacavam... Esse meu traço não teve de fato chance nem tempo de se manifestar entre a guerra e o campo. Veja, quase todos os ex-namorados de quase todas as minhas namoradas tinham morrido. E eu não ligava para os mortos. Eu era um tipo estranho de russo que não perdoava os mortos. Eu não ligava para os mortos. Eram os vivos que me importavam.

Quando, pouco antes de eu ser preso, Liev me pediu permissão para tentar a sorte com Zóia, eu nem me dei o trabalho de rir na cara dele. Respondi com um prolongado *Você*?; e foi só isso. Francamente, não pensei no assunto nem por um segundo. Mas Liev era como são os irmãos caçulas sabidos em toda parte. Observava o que eu fazia e depois tentava fazer o contrário. Aproximou-se de Zóia sem ardor.

Ah, bem *feito*, falei, durante uma de nossas últimas conversas na liberdade. Você é o menino de recados de Zóia. O seu mascote.

— É isso — disse ele, gaguejando. Vivia gaguejando. — Escute, até que ponto *você* conseguiu chegar com ela? Eu fico lá no quarto. Eu vivo lá o tempo todo. Fico lá quando ela *troca de roupa*.

Troca de roupa?

— Por trás da cortina.

Qual o tamanho da cortina? E a espessura?

— Grossa. Vai do chão até aqui. Ela pendura as roupas por cima.

Que roupas?

— A anágua e outras coisas.

Meu Deus... E agora ela anda trepando com aquele lingüista. Não sei como você consegue agüentar.

— Ah, eu consigo agüentar.

Isso ficou assim durante quase um ano — um ano em que Zóia teve mais três casos.

— Um por período letivo — Liev me disse agora. E foi quando ele estava ali sentado, no sótão em forma de cone, segurando a mão de Zóia e conversando com ela sobre sua última desventura, que Liev fez seu segundo lance.

— Falei em tom de brincadeira. Falei: "Você não tem sorte no amor porque é atraída para os homens errados. Esses tipos com a cabeça nas nuvens. Tente alguém um pouco menor, mais feio. Como eu. Nós somos tão mais perspicazes". Zóia riu e depois ficou cinco segundos em silêncio. Da vez seguinte que falei, ela riu e ficou dez segundos em silêncio. E assim por diante. E então ela teve mais um.

Mais um o quê?

— Mais um caso. Um caso totalmente diferente.

Será possível, falei, que você e eu tenhamos uma gota de sangue em comum? Você não sentia ciúmes?

— Ciúmes? Eu não conseguiria agüentar nem por um minuto se eu tivesse *ciúmes*. Eu não tinha o direito de ter ciúmes. Em nome de quem? Eu estava ocupado demais aprendendo.

Esperei.

— Aprendendo o que eu teria de fazer para ficar com ela.

... Seu *sacana* safado.

Isso acontece. Na minha vida, vi talvez três exemplos. E você, Vênus, é um deles. Você e aquele tal de Roger. Como falei na ocasião, possivelmente de modo um tanto insensível, *Mais ou menos três quartas partes de você está treinada para pensar que todo mundo tem o mesmo aspecto. É essa a ilusão que a sua galera está impingindo a si mesma. Portanto você acha que é esnobe não gostar de aleijados. E agora está com esse morcego doente andando atrás de você.* Ainda acho que era disto que se tratava, acima de tudo: piedade e pena. Você me dizia que havia compensações e eu acreditava. Você falava da gratidão dele — a gratidão dele e o seu alívio em relação a certos cuidados. E posso entender que mulheres obviamente atraentes às vezes fiquem de saco cheio de homens obviamente atraentes: suas prerrogativas, suas expectativas, seus corações corriqueiros. E então, numa bela manhã, a princesa beija o sapo e acha bom.

E depois?

— Era um domingo. Final da tarde. Estávamos ali deitados e eu falei outra vez. Ela ficou parada. Depois se levantou e tirou...

Chega. Tirou a roupa, já sei.

— Ela já estava sem roupa. Quase toda. Não, ela tirou o meu...

Chega.

Eles tiveram nove meses; e depois, enquanto os colegas de

turma de Liev e seus professores eram levados embora um a um, foi ela quem tomou a decisão. Puseram em ação o rabino escrofuloso em seu porão. Foi clandestino e suponho que não tenha legitimidade. Mas eles brindaram e beberam na taça, envolta em seu lenço — a destruição do templo, a renúncia aos vínculos anteriores. E fizeram os votos.

Um resto de consolo me foi oferecido (e existem essas migalhas de consolo no banquete da mágoa). Sua eficácia talvez seja obscura para aqueles habituados a exercer o livre-arbítrio. Eu soube que Zóia, conquanto não fosse indiferente a outros homens (ela beirou o escândalo com um recém-casado de trinta anos), nunca se envolveu com nenhum de meus colegas mais próximos: veteranos. Portanto eu podia dizer a mim mesmo que, quando nos beijamos e ela prendeu meu lábio inferior durante um segundo entre seus grandes dentes quadrados, o sabor de que ela não gostou foi o do hormônio ferroso da guerra.

Isso me consolava porque eu podia atribuir meu fracasso a forças históricas, junto com tudo o mais. Foi a história que fez isso.

O toque de alvorada no campo era produzido da seguinte forma: uma barra de metal, manobrada por uma mão que mais parecia um pé, baixava e subia com estrondo, durante um minuto inteiro, entre dois trilhos de ferro paralelos. Ninguém se acostumava com aquilo. Toda manhã, enquanto a gente arrumava as calças no pátio, olhava fixamente para aquela engenhoca tão simples e se perguntava de onde vinha seu poderio acústico. Sei agora que, por alguma razão bárbara (a detecção mais rápida, talvez, mesmo do mais ínfimo animal), a fome aguça a audição. Mas o barulho não ficava apenas mais alto — ganhava em estridência e, de certo modo, em articulação. O barulho parecia trombetear a alvorada de uma nova autoridade (mais selvagem, mais bronca, mais segura) e repudiar a lassidão e o amadorismo do dia anterior.

Até Liev chegar ao campo, meu primeiro pensamento, ao caminhar, era sempre o mesmo, e não admitia modulação. Era sempre: eu dou meus olhos em troca de só mais dez segundos... Mais um dia tinha sido posto em movimento na nossa frente; o dia em si, o amanhecer escuro (o brilho vítreo do alojamento e a névoa semelhante a giz, que os pulmões recusavam), parecia o fruto do trabalho de uma equipe de operários, o turno da noite — o fruto de horas de labuta. O frio está à minha espera, eu pensava; está me esperando, e tudo está preparado. Não acha, minha querida, quando você sai para a chuva, que há sempre um pequeno intervalo antes de sentir os primeiros pingos no cabelo? O frio não é assim. O frio é o frio, obviamente, e quer para si todo o calor que a gente tiver. Ele cai em cima da gente. Aperta e revista a gente, atrás de todo o nosso calor.

Então, depois da chegada de Liev, a consciência diária chegava e me encontrava já com o corpo meio levantado, em minha tábua. O porco ainda estava dando duro nos trilhos de ferro enquanto eu pulava para o chão. Eu era sempre o primeiro a sair do barracão — e sempre com a sensação de que uma ameaça lúgubre mas ponderável se encontrava à minha frente. Que ameaça era aquela exatamente? Era ter a minha primeira visão de Liev e ver a maneira como sua cara franzida se suavizava na carne das sobrancelhas. Não acontecia no momento em que ele punha os olhos em mim. Liev dava seu sorriso tenso — esticado —, mas o franzido, as divisas militares invertidas que denotavam preocupação, permanecia por um tempo e depois sumia, como os ponteiros de um medidor que indicasse minha capacidade de recuperar a confiança. E às vezes eu sentia que nunca estava mais perto do nível máximo do que durante aquelas trocas ou transfusões — nunca estava mais vivo.

Agora isso parece justo, não é? Lúgubre, então, em que sentido? Vejo que não posso descartar o lúgubre. Um outro sol havia nascido em mim. Era um sol negro, e seus raios, os raios de uma roda, eram feitos de esperança e de ódio.

Liev, aliás, não ficou muito tempo naquela brigada — a brigada forte sob o comando de Markargan. Apesar de agora ele já estar muito bem-adaptado. Muito doente e adaptado: lá, era possível ser assim, e continuar assim por muito tempo. Mas não. Era raro um fascista ficar muito tempo numa brigada forte. Numa brigada forte, havia uma unanimidade de esforços que tinha o peso de um contrato sindical ou de um juramento militar: a pessoa cumpria a norma e comia a ração inteira. Era um jeito de enfrentar aquilo — a estrondosa canção de trabalho, o balde cheio de sopa, o sono dos mortos. Um camponês, que carregue consigo o seu milênio de ética de escravo — um camponês podia encarar a situação sem um grande custo interior. Mas um membro da *intelligentsia*... É isso o que recai sobre nós no sistema da escravidão. Leva alguns meses. Cresce, a exemplo de um ataque gradual de pânico. Trata-se disto: a assimilação do fato de que, apesar de sua óbvia inocência em relação a qualquer crime, a exação da penalidade não é fruto de negligência. Agora, com esse pensamento, vá para uma brigada forte. Você tenta e tenta, mas a idéia de que você está *se destacando* no serviço para o Estado — isso pesa nas mãos e elas ficam caídas ao lado do corpo. Dá para sentir as mãos na hora em que elas tombam ao lado do corpo; os flancos, os seus quadris sentem as mãos na hora em que elas tombam. Nem é preciso dizer, uma semana de brigada, com sua minguada ração de comida igual à dos comedores de merda, também não era nada bom. Então, o que é que você faz? Faz o mesmo que fazem todos os fascistas. Você enrola no trabalho, se faz de morto, engana, trapaceia e subsiste.

Quando parou de ganhar a ração completa, a infecção intestinal de Liev piorou. No campo, até a hospitalização por disenteria obedecia à lei do regulamento; e no início de 1949 Liev pôde cumpri-la. E qual era o regulamento? O regulamento era mais sangue do que excremento. Mais sangue do que excremento. Foi ver Janusz, que lhe deu umas pílulas e lhe prometeu um leito. Um dia antes de sua admissão, Liev teve uma espécie de discussão aos berros em seu alojamento por causa de uma agulha de costura (ou seja, uma espinha de peixe) e foi imediatamente denunciado — seu nome caiu na caixa de sugestões colocada na porta da casa da guarda. Em vez de uma semana na enfermaria, pegou uma semana no isolamento, só com roupas de baixo, encolhido num banco acima de um esgoto que batia no joelho.

A freqüência do total. Do Estado total — a obra-prima da desgraça.

Aquela semana teve uma coloração turbulenta para mim. Você vai recordar a minha "prova", cunhada no outono de 2001, da não-existência de Deus, e como fiquei contente com isso. "Por ora, vamos deixar de lado a fome, a inundação, a peste e a guerra: se Deus de fato se importasse conosco, ele jamais nos teria dado a religião." Mas esse silogismo frouxo é facilmente detonado e todas as perguntas da teodicéia simplesmente desaparecem — se Deus for russo.

E nós, o povo, não paramos de voltar e querer mais. Adoramos isso. Aquela semana teve, para mim, uma coloração horrível, mas quando Liev saiu, andando do jeito que andava, e com a cabeça no mesmo ângulo de sempre, eu mais ou menos aceitei o fato de que o Norlag não ia matá-lo, não sozinho. Ele podia agüentar.

3. “Os fascistas estão batendo na gente!”

— O que me preocupa — disse ele (isso foi meio ano depois) — é a forma que vou ter quando eu sair, se sair. Não estou falando só de estar muito magro ou doente. Nem muito *velho*. Estou falando disto aqui. Dentro da cabeça. Você sabe o que acho que eu estou virando?

Um idiota.

— Exatamente. Muito bem. Então não sou só eu.

Todos nós temos isso.

— Então é ruim. Porque provavelmente significa que é verdade. Meus pensamentos já não são mais propriamente pensamentos. São impulsos. Tudo está no nível do frio, do calor. Sopa fria, sopa quente. Sobre o que vou conversar com a minha mulher? Tudo em que vou ser capaz de pensar é sopa fria, sopa quente.

Você vai conversar com ela como está conversando comigo.

— Mas é tão *cansativo* conversar com você. Sabe o que quero dizer. Meu Deus. Imagine se não estivéssemos aqui. Quero dizer, assim, juntos.

A noite estava quente e luminosa e estávamos sentados fumando na escada da fábrica de brinquedos. Sim, fábrica de brinquedos, porque a economia do campo era tão diversificada quanto a do Estado. Nós produzíamos tudo em profusão, de urânio a colheres de chá. Eu mesmo produzia em massa coelhos mecânicos andrajosos, com uma baqueta na patinha e um pequeno tambor amarrado à cintura.

Dois prisioneiros jovens passaram andando num passo solene, um com as mãos cruzadas nas costas, o outro gesticulando com ar importante.

— No fim, eu só me importo mesmo é com os peitos — disse o segundo.

— Não — disse o outro. — Não, peitos não. Bundas.

— ... Garotos — disse Liev.

Dei de ombros. Jovens, depois que chegavam, ficavam falando sobre sexo e até sobre esporte durante algumas semanas, depois sobre sexo e comida, depois sobre comida e sexo, depois sobre comida.

Liev bocejou. Sua cor agora estava melhor. Passou um tempo na enfermaria e teve um tratamento com penicilina fraca, dada por Janusz. Mas os lábios e o nariz estavam azuis de fome, não de frio, e havia uma pigmentação marrom em volta da boca, mais escura do que qualquer bronzeado de sol. Todos nós tínhamos isso, o focinho de gorila.

— É difícil pôr em prática quando a gente está coberto de piolhos — disse ele —, mas é bom pensar em sexo.

Lamento muito dizer, Vênus, que esse era para mim, na ocasião, um assunto extremamente *sensível*. Veja, eu tinha conseguido me convencer de que o vínculo de Liev com Zóia era, em grande parte, uma coisa espiritual. Era, de fato, bastante platônico. Que alívio para ela, eu dizia a mim mesmo, depois de todos aqueles altos e baixos passionais. E pude até extrair certo prazer ao imaginar o tipo de noite que seguramente era a norma entre os dois. As sobras do jantar modesto já retiradas, o revezamento na pia, Gretel, um pouco timidamente, esgueirava-se para dentro de suas meias de dormir e da camisola surrada, Hansel suspirava em sua camiseta e em suas calças de pijama, o beijinho no rosto, e depois se viravam na cama, de costas um para o outro, cada um emitia um grunhido complacente e ambos procuravam seu repouso merecido... E enquanto Liev jazia naquela morte breve, a outra Zóia, o súcubo encharcado de suor, erguia-se como uma névoa e vinha ao meu encontro.

— Mas não é *pensamento* de verdade, é? Parece mais sopa fria, sopa quente.

Existe a poesia, falei.

— Certo. Existe a poesia. Às vezes consigo pensar em um verso ou dois durante meio minuto. Aí vem um choque e volto para o outro assunto.

Contei-lhe sobre o professor de trinta anos no bloco feminino. Ele recitava *Evguiéni Oniéguin* para si mesmo todo dia.

— Todo dia? Sei, mas tem dias em que a gente não quer ler o... o maldito *Cavaleiro de Bronze*.

Certo. Tem dias em que a gente não quer ler a... a maldita *Canção da campanha de Igor*.

— Certo. Tem dias em que a gente não quer ler o...

E assim passamos mais uma hora, antes de tatear nosso caminho de volta para a cama.

Então vieram as mudanças. Mas antes de eu entrar nesse assunto, é necessário que eu faça uma breve digressão interna: uma pausa de boa sorte. Sugiro, minha querida, que você tire o máximo proveito deste interlúdio, ou respiradouro, usando-o, talvez, para montar uma tabela com as minhas melhores qualidades. Porque daqui a pouco vou fazer algumas coisas bastante ruins.

Nunca vimos o diretor-geral, Kovtchenko, mas ouvimos falar dele — seu casacão de pele de urso polar, suas botas de couro de foca que vinham até as virilhas, suas pescarias e caçadas de renas, suas festas. De vez em quando aparecia um cartão no quadro de avisos solicitando o serviço dos internos que fossem músicos, atores, dançarinos, atletas, com que ele entretinha seus convidados (colegas diretores ou inspetores do centro). Após a apresentação, os artistas ganhavam um tonel de restos de comida. Com emoção, muitos voltavam doentes de tanto comer e registrava-se um certo número de empanturramentos letais.

Um dia, Kovtchenko fixou uma solicitação de "um interno com experiência na instalação de um televisor". Eu jamais havia instalado um televisor: mas havia dissecado um na escola técnica. Contei a Liev o que eu lembrava do aparelho e nos candidatamos à vaga. Nada aconteceu durante uma semana. Então chamaram nossos nomes, nos alimentaram, nos escovaram e nos levaram de jipe até a mansão de Kovtchenko.

Liev e eu ficamos de pé esperando, sob a vigilância dos guardas, no que eu agora chamaria de um caramanchão, uma casinha de jardim em forma octogonal, com uma bancada de trabalho e uma porção de ferramentas. Kovtchenko entrou, lúgubre e estranhamente professoral com calças de montaria e um paletó de tweed. Uma caixa de metal foi trazida solenemente sobre rodinhas, e dois homens que pareciam jardineiros começaram a abri-la.

— Senhores— disse Kovtchenko, respirando com força e ruidosamente —, preparem-se para ver o futuro.

Levantou-se a tampa e espiamos lá dentro: uma negra e cinzenta barafunda amorfa de válvulas, tubos e fios.

E assim começamos a ir lá todos os dias. Todo dia deixávamos o ar pesado do campo e entrávamos num mundo de temperatura amena, janelas panorâmicas, comida farta, café, cigarros americanos e fascínio incessante.

Depois de dois meses, montamos algo que parecia um peixe das regiões abissais especialmente desafortunado, acrescido de um par de antenas preso ao topo de uma coluna da varanda dos fundos. Tudo o que conseguimos despertar na tela foram representações fugazes do clima local: tempestades noturnas, neve diagonal contra um fundo vazio cor de carvão. Certa vez, na presença do diretor, captamos o que podia ser ou não uma imagem de teste de tela. Isso contentou Kovtchenko, cujas expectativas já não eram muito altas. O aparelho foi transportado para a casa principal. Mais tarde, soubemos que foi colocado sobre um pedestal na sala de estar, em exposição, como uma peça de metalurgia antiga ou uma escultura brutalista.

Nós também queríamos ver o futuro. Agora estávamos de volta ao passado — um trabalho de rolimãs, na verdade, em que a gente sentia um tranco a cada cinco segundos, e pensava sopa fria, sopa quente. Acabei por me convencer, nessa ocasião, de que o tédio era o segundo pilar do sistema — o primeiro era o terror. Na escola, Vênus, tínhamos aula com pessoas treinadas a mentir para as crianças a fim de ganhar a vida; ficávamos lá sentados ouvindo informações que sabíamos ser falsas (até na escola da minha mãe não era diferente). Mais tarde, descobríamos que todos os assuntos interessantes eram tão desesperadoramente controvertidos que ninguém se atrevia a estudá-los. O discurso público era enfadonho, os jornais e o rádio eram só uma lengalenga sem graça, e as reuniões eram enfadonhas, e todas as conversas fora da família eram enfadonhas, porque ninguém podia falar naturalmente. A burocracia era enfadonha, as filas eram enfadonhas. O lugar mais estimulante na Rússia era a prisão Butirki, em Moscou. Consigo entender por que eles precisavam do terror, mas por que precisavam do tédio?

Aquela era a grande zona. Esta era a pequena zona, o seu lado trabalho escravo. Na liberdade, todos os cidadãos que não faziam parte da nomenclatura conheciam a fome perpétua — o involuntário soluço e o engasgo do esôfago. No campo, nossa fome dava pontapés, a exemplo do que imagino devem ser os pontapés de um feto. Com o tédio, era a mesma coisa. E *tédio*, agora, perdeu todas as suas associações com a mera lassidão e insipidez. Tédio não é mais a ausência de emoção; ele é, em si mesmo, uma emoção, e das violentas. Um acesso furioso de tédio.

Outra coisa que aconteceu na coluna do crédito é que nós dois ficamos mais próximos de Janusz, o médico prisioneiro. Ele fez tudo o que podia por nós — e só ficar a seu lado por dez minutos já nos deixava perifericamente menos enfermos. Alto, largo, vinte e quatro anos de idade, tinha uma cabeça de florestais cabelos pretos que cresciam com força anárquica; dizíamos que qualquer barbeiro, para entrar ali, ia cobrar adicional de periculosidade. Janusz era um médico judeu que foi capturado por uma impostura. Não fingia ser cristão (isso não fazia mesmo diferença ali no campo). Fingia que era médico. E não era — ainda não. Sempre a posição mais difícil. E não seria tão difícil para ele se não fosse gentil, muito gentil, continuamente comovido por tudo o que via. Para aquelas operações iniciais, ele teve de tatear às cegas o seu caminho ali por dentro, por dentro do corpo humano, com sua faca. Primeiro, para não fazer nenhum mal.

Caminhões e tropas, correu o boato. Caminhões e tropas. Isso significava Moscou e mudança política. Uma decisão fora tomada no Comitê Central e descia até nós em forma de faróis e metralhadoras.

Em todos os tempos e em todas as estações, a população do campo estava em fluxo, com várias multidões sendo reembaralhadas, libertadas, reaprisionadas, embarcadas para fora, embarcadas para dentro (e era de admirar, aliás, que meu irmão e eu só tivéssemos nos separado uma única vez, e por um intervalo que mal chegou a um ano). Nosso negócio, agora, era olhar fixo para aquela aritmética em movimento e tentar discernir algo que pudesse ser denominado *intenção*...

Liev estava parado junto à janela do alojamento, olhava para fora e balançava a cabeça um pouquinho para baixo e para cima — seu jeito de descarregar uma inquietação. Falou:

— Escute. Arbatchuk me encurralou atrás da oficina na noite passada. Pensei que eu ia ser estuprado afinal, mas não. Ele ficou sem fala, ficou todo tolhido e pesaroso. Então esticou o braço e pegou minha mão... Ele já fez isso antes. Mas dessa vez acho que estava se despedindo. Vão embarcar os brutamontes.

Falei que isso só podia ser bom para nós.

— Bom por quê? — voltou-se ele. — Desde quando fazem alguma coisa boa para nós? Sei como me manter vivo aqui. Do jeito que está. Mas e o que virá agora?

Vivíamos confinados nos alojamentos e passávamos os dias espiando para fora, espiando para fora. E ninguém ia querer ficar lá fora, não agora, com os cães e as colunas de homens e a nova disposição de forças militares. As torres de vigia — com seus holofotes diagonais e suas cúpulas semelhantes a capacetes do Exército, com um chafariz de canos de armas instalado sob o cume, dispostos em ângulos retos, como dentes atacados pelo escorbuto... Nessas horas, eu pensava muitas vezes que estava jogando uma partida de algum esporte, hóquei sobre o gelo, digamos, em câmera lenta (onírico, porém letal, resto zero, morte súbita); e eu era o goleiro — excluído da ação, exceto quando reagindo a emergências atrozes.

* * *

Isolaram os brutamontes e os levaram embora em caminhões — a maneira mais simples, nós supúnhamos, de dar fim à guerra entre os brutamontes e as putas. Mas em seguida isolaram as putas também. E assim que as putas se foram, isolaram os gafanhotos, e depois os sanguessugas. Descontando os comedores de merda, que permaneceram, só restaram os presos políticos e os informantes — os fascistas e as cobras.

Liev disse, enquanto espiava para fora:

— Meu Deus, por que precisa ficar tão vazio? Estão isolando a *nós*.

... Todos seremos libertados, falei.

— É bem provável — respondeu Liev — que todos sejamos fuzilados.

Durante as semanas seguintes, o nosso campo, recém-despovoado, começou a se encher de novo. E todos os recém-chegados eram fascistas. Estavam isolando a *nós*. Por quê? Por que estavam nos dando, em todo o sistema, exatamente aquilo que queríamos — nos libertando, nos despertando?

Para ler a mente de Moscou, em 1950, era ali que a pessoa precisava estar: nas antenas, na torre de controle, na lesma que devorava, sem nenhum método, o cérebro do líder. Não estávamos naquela torre. Digo isso com um dar dos ombros, mas o melhor palpite então era que Iossif Vissariónovitch havia começado a temer pela integridade ideológica dos criminosos comuns.

O poder atribuído a nós, mesmo o poder de contaminação, não era real (não éramos ainda uma força). O poder agora nos dizia que estava ali. O processo levou cerca de um mês. Éramos como cegos que recuperam a visão. Era uma questão de olhos que se voltam para outros olhos e se fixam neles. A alvorada da autoconsciência. Os presos políticos olhavam-se cara a cara — e tornavam-se presos políticos.

Duas coisas vieram depois disso. A mudança política em Moscou significava o fim, o suicídio involuntário, do sistema de trabalho escravo. Significava também que Liev e eu viramos inimigos. Uma decisão foi tomada, em redor de uma mesa, num cômodo situado a milhares de quilômetros de distância — e dois irmãos tinham de ir à guerra. Esse, Vênus, é o significado, o placar final, dos sistemas políticos.

Mas não vou consumir seu tempo com política. Vou lhe dar aquilo que você precisa saber. E receio que não posso deixar de lhe contar a história do guarda chamado Uglik — a árdua história do camarada Uglik. Olhando para trás, vejo agora o que era a política: a política de gêmeos siameses, e de tritões, mulheres barbadas. A política da lesma chamada arteriosclerose.

— Os fascistas estão batendo na gente! Os fascistas estão batendo na gente!

Esse grito (não sem certo charme, mesmo na época) foi ouvido muitas vezes no verão de 1950. Começamos a espancar as cobras, que eram um em dez. Não iam mais demorar-se em suas mesas na sala do rancho, beijando a pontinha dos dedos, unidos em cachos, por cima de suas rações duplas. Agora, quando eles tomavam seu caminho pelo pátio rumo à casa da guarda, não era para complementar suas denúncias a fim de ganhar um cigarro extra: era para implorar que ficassem isolados no bloco do castigo — com seu esgoto batendo nas canelas, seus percevejos obesos.

Nosso método predileto de punição era chamado "lance". Era o que os camponeses faziam, escrupulosos, como sempre, com relação à escassez de material. Não estrague o fio dessa faca, não estrague esse sarrafo: deixe que a gravidade dê conta do recado. Um homem para cada membro, três balanços preparatórios, e lá iam eles, feito uma trouxa, e se espatifavam no chão. Depois lançávamos o sujeito de novo. Até que não sacudiam mais os braços e as pernas no ar. Deixávamos o sujeito lá, para os porcos: sacos de lona cheios de ossos quebrados.

Você parece desgostoso, irmão, falei, enquanto eu entrava no alojamento, batendo a poeira da palma das mãos.

— Você não é meu irmão.

Esperei. Todos se aglomeravam e se empurravam para assistir a um lance. Liev, não, ele sempre se afastava.

— O que estou dizendo — prosseguiu — é que você está irreconhecível. Você é como Vad. Sabia? Você se juntou ao rebanho. De repente você ficou igualzinho a todo mundo.

Isso era absolutamente verdadeiro. Eu estava irreconhecível. Em questão de semanas, eu me tornara um stakhanovita da agitação, um agitador "de choque" — conclamações e manifestações, piquetes, petições, protestos, provocações. Ah, você está pensando: deslocamento, transferência; o mecanismo da sublimação. E é verdade que eu estava propositalmente abraçando o calor químico da emoção de massa e o enfurecimento do poder. Mas jamais perdi de vista um possível resultado e um possível futuro.

— Peço que você reflita sobre meu ponto de vista. Você escolheu um caminho, você e o seu rebanho — dizia ele. — Violência e escalada de violência. Você sabe muito bem o que vai acontecer.

Por um período muito breve, pareceu que o isolamento dos presos políticos, como estratégia, tinha um subtexto: nós íamos ser conduzidos rumo à morte (menos comida, horários mais longos). Mas os porcos ainda tinham as suas cotas e agora eles nos tinham dado a arma da greve.

De todo modo, eu estava em condições de dizer, com certa indignação: Ah, entendi. Você quer o dia de dezesseis horas e a ração punitiva. Bem, nós não.

— Você venceu aquela luta. Meu Deus, isso foi oito ou nove lutas atrás. E os porcos, eles não vão continuar recuando. Você sabe o que vai acontecer. Ou talvez não saiba. Porque está andando junto com o rebanho. Olhe só para você. Fazendo esse alarde junto com eles.

Esperei de novo.

— O que você vai arranjar é uma guerra com o Estado. Uma luta de morte contra a Rússia. Contra a Tcheka e o Exército Vermelho. E vai vencer, não vai?

Não falei disto, mas eu sempre soube o que estava vindo em nossa direção. Eu sempre soube.

— Tudo bem. Vou lhe pedir pela última vez. E estou pedindo muita coisa. Há três ou quatro homens aqui que têm uma chance de fazer o rebanho parar. E você é um deles. Por favor, pense no meu ponto de vista. Eu tenho de pedir. E é a última vez que vou pedir alguma coisa a você como irmão.

Você está pedindo a Lua, Liev.

— Então um de nós vai morrer — disse ele, desviando os olhos dos meus e cruzando os braços.

Nem todos temos um bom motivo para viver, falei. Alguns de nós vão morrer. E alguns de nós não.

Sei como você se sente a respeito da violência. Eu soube como você se sentia a respeito disso desde o início. O filme na tevê, na sala em Chicago, era na verdade uma comédia; mas um soco foi desferido e um nariz gotejou sangue. Você correu chorando para fora da sala. E, quando puxou a porta na sua direção, a maçaneta de metal acertou-a em cheio no olho. Essa era a altura que você tinha quando descobriu que o mundo era duro.

No dia do ano-novo, 1951, as autoridades retaliaram: três homens do nosso centro foram confinados no bloco principal de castigo, onde trinta ou quarenta informantes haviam encontrado refúgio. Os informantes, soubemos, foram municiados com machados e álcool e todas as celas seriam destrancadas.

Assim enviamos sem demora uma mensagem. Nós também mudamos a nossa estratégia. Paramos de bater nas cobras. Paramos de bater neles e passamos a matá-los. Eu matei três.

Agora, arranque seus olhos ocidentais. Arranque-os e apanhe outro par... Esses outros olhos não são de um Temachin ou de um Hulagu, encapuzado e de olhar oblíquo, nem os olhos de Ivan, o Terrível, paranóicos e devotos, nem os de Vladímir Ilitch, infantis e em busca do horizonte.* Não, esses são os olhos da velha camponesa citadina (drasticamente urbanizada), caída de quatro à beira da estrada, testemunha da fome e do desespero, da injustiça universal permanente, de calamidades inumeráveis. Olhos que dizem: chega... mas agora eu vejo seus olhos à minha frente, como eles são de fato (a íris castanha e comprida, a parte branca vergonhosamente limpa); e eles ameaçam com a decisiva retirada do amor, como Liev fez, meio século atrás. Tudo bem. Ao montar minha história, eu crio um espelho. Eu me vejo. Olhe para o rosto dele. Olhe para as *mãos* dele.

Certa vez, Liev me viu logo depois de uma matança: a minha segunda. Descreveu para mim aquele encontro, anos de-

* Temachin é Gêngis Khan; o senhor da guerra mongol Hulagu é seu bisneto. Vladímir Ilitch é Lênin, líder da Rússia entre 1917 e 1924.

pois. Eu reproduzo a lembrança dele, a versão dele — porque eu não tenho lembrança. Eu não tenho uma versão.

Marcado com sangue, e arfante como um cão que passou o dia inteiro correndo, passei por Liev aos empurrões na entrada da latrina; com o antebraço erguido, estapeei a parede e deixei a cabeça encostar nela, e com a outra mão agarrei e puxei o cordão em volta da minha cintura, depois esvaziei a bexiga com uma volumosa abundância e (disseram-me) um rosnado de gratidão. Fiz uma pausa e emiti outro ruído: uma exalação de boca aberta enquanto sacudi a cabeça para a direita, livrando a sobrancelha do calor pinicante do meu cabelo. Olhei para cima. Recordo isso. Ele olhava para mim com os dentes à mostra e um franzido no rosto que chegava a um centímetro de profundidade. Ele apontou, dirigindo minha atenção para o cinto puído, as calças abaixadas. Acho que não posso deixar de lhe pedir que imagine o que ele viu.

— Sei onde você esteve — disse ele. — Esteve no molhado.

Era assim que a gente chamava: a matança. O molhado.

Falei: Bem, alguém tinha de fazer isso. Cabana Três, Prisioneiro 47. A consciência dele estava suja.

— A consciência dele *não* estava suja. Essa é a questão.

Do que você está falando?

— Olhe só para os seus olhos. Parece um Velho Crente. Ah, beije o crucifixo, irmão. Beije o crucifixo.

Beijar o crucifixo: era a taquigrafia fraternal para a devoção religiosa. Porque era isso o que eles faziam, na igreja, antes de o cristianismo ser considerado fora-da-lei (junto com todas as outras): eles beijavam aquilo, o instrumento da morte. Liev me dizia que minha mente já não estava livre. Era muito coerente que a sensação que eu tinha de minha mente na época não fosse mental, e sim física. Eu era um escravo que tinha conseguido obter de volta o corpo. E agora eu estava oferecendo-o de novo — de graça. Tudo isso é verdadeiro. Mas nunca fiquei sem o outro pensamento e o outro cálculo.

Anos depois, numa fase muito diferente da minha existência, sentado na varanda de um hotel em Budapeste, bebendo cerveja e comendo castanhas e azeitonas depois de um banho de chuveiro, e antes de sair para um encontro noturno com uma namorada, leio as célebres memórias do poeta Ranke Graves (pai inglês, mãe alemã). Fiquei muito comovido, e muito consolado, com a sua confissão de que levou dez anos para se recuperar moralmente da Primeira Guerra Mundial. Mas precisei de muito mais tempo do que isso para me recuperar da Segunda. Ele passou a sua década de convalescença em uma ilha isolada no Mediterrâneo. Passei a minha acima do Círculo Ártico, em servidão penal.

Isso foi um pouco antes de eu me dar conta do que ele, Liev, queria dizer quando falou sobre a cobra assassinada e disse que "sua consciência *não* estava suja. Essa é a questão"... Na liberdade, na grande zona, os informantes pioravam, e às vezes encurtavam, vidas que já estavam destroçadas. Denúncia anônima, para o auto-aprimoramento: você pode dizer que isso é profundamente criminoso, e profundamente russo, porque só criminosos russos pensam que não é. Todos os demais criminosos, o mundo todo, acham que é. Mas criminosos russos — desde os inquilinos de Dostoiévski ("um informante não está sujeito à mais ínfima humilhação; a idéia de reagir com indignação diante de um deles jamais passa pela cabeça de ninguém"), até o presidente atual, sim, até Vladímir Vladímirovitch (que exprimiu mera consternação ante a idéia de agir sem a sua taiga de canetas envenenadas) — acham que não.* De minha parte, en-

* Dostoiévski ficou preso de 1849 a 1853, por sedição. Vladímir Vladímirovitch é Putin, presidente da Rússia desde 1999.

tão, no extermínio das cobras, sou culpado na seguinte medida: eles sabiam o que estavam fazendo, mas não sabiam que o que estavam fazendo era errado. "Os fascistas estão batendo na gente! Os fascistas estão batendo na gente!" Agora vejo o charme obscuro — o *páthos* desse berro escandalizado. E aí paramos de bater neles e passamos a matá-los. Eu matei três. Não conseguiria matar um quarto, Vênus. Mas matei três.

O campo era mais guerra, Vênus, mais guerra, e a podridão moral da guerra... A guerra entre os brutamontes e as putas era uma guerra civil ou sectária. A guerra entre as cobras e os fascistas era uma guerra por procuração. Agora que as cobras se foram (levados pelo ralo, enquanto classe), as linhas de batalha estavam entrando em forma para uma guerra revolucionária: a guerra entre os fascistas e os porcos.

Liev era um espectador inocente na primeira guerra (como todos nós) e um dissidente consciencioso na segunda guerra. Ninguém podia evitar a terceira guerra. E logo no início ele sofreu um ferimento.

4. "Apresento o camarada Uglik"

Os porcos.

Eles eram semi-analfabetos, mas até eu podia lembrar o finalzinho de uma época em que os porcos eram tão humanamente diversificados quanto os prisioneiros — cruéis, gentis, indiferentes. Tínhamos outra coisa em comum. Eles passavam quase tanto frio, quase tanta fome, viviam quase tão imundos e perseguidos por doenças, quase tão escravizados e aterrorizados quanto nós. Mas agora tinham evoluído. Era a segunda geração: os porcos e os filhos dos porcos. E o que se via era o emergir de seres humanos de um tipo novo. A exemplo do camarada Uglik.

Eu protegia meu irmão ao longo dos anos e tive alguns atritos discretos em favor dele. Mas não havia nada que eu pudesse fazer quanto a Uglik. Ele foi simplesmente a má sorte de Liev.

Perguntei-lhe: Por que está chorando?

Foram essas as primeira palavras que lhe dirigi em dez ou onze meses. Nessa altura (janeiro de 1953), o status de Liev no campo estava no mesmo nível dos comedores de merda — ou mais baixo ainda, por um tempo, porque os comedores de merda eram meramente objetos de piedade, para depois serem ignorados, ao passo que Liev foi deixado no ostracismo. Havia gente que tinha agora um pouco mais de respeito por ele. Algo a ver com seu tamanho e sua forma — figura pequena e curvada, os ombros encolhidos embaixo do rosto enrugado, e sempre sozinho, arredio, avesso. Fraco, é claro, mas o conjunto de sua figura era desafiador como um anão com uma queixada de barril num beco da cidade. Não furava um piquete nem contornava um protesto em que as pessoas ficavam sentadas no caminho ou qualquer coisa do gênero. Seu protesto era moral, passivo e silencioso. Ele não compartilhava o espírito do ambiente. Simplesmente não se enturmava. Liev, agora, tinha vinte e quatro anos.

Perguntei: Por que está chorando?

Ele se encolheu, como se minha voz, tornada estranha, trouxesse para ele uma dureza. Ou, talvez, ele tivesse uma sensação da sinistra fermentação de motivos que se abrigava por trás da minha pergunta... De todas as liberdades que nós resguardamos nos dezoito meses que haviam passado, aquela que mais importava para mim, descobri, era a retirada do número das minhas costas. A que mais importava para Liev era o direito de manter correspondência. O *seu* direito: de ninguém mais. Ele batalhou por isso sozinho e venceu sozinho; e por isso o evitavam. Agora estava sentado num toco de árvore no bosque atrás da enfermaria, a primeira carta de Zóia numa das mãos e o rosto gotejante na outra. Se você me perguntasse se eu esperava que tudo entre eles houvesse terminado, a resposta da pílula da verdade seria algo como: Bem, já seria um *começo*. Mas espero que ela não tenha feito isso de maneira gentil. Não me faria nenhum bem.

— Estou chorando... — Ele inclinou a cabeça, concentrado na tarefa de devolver a tira de papel de seda ao seu envelopinho enrugado; mas toda vez que ele estava prestes a alcançar seu objetivo, tinha de erguer o dedo para esfregar o nariz que coçava. — Estou chorando — disse — porque estou muito *sujo*.

Fiquei quieto. Falei: E tudo o mais está bem?

— Sim. Não. Na liberdade, andam falando em Birobidjan. Estão construindo alojamentos em Birobidjan.

Birobidjan era uma região na fronteira nordeste da China — em grande parte, e sensatamente, desabitada. Desde os anos 1930, corria a história de reinstalar os judeus em Birobidjan.

— Estão construindo alojamentos em Birobidjan. Janusz acha que vão enforcar os médicos judeus na praça Vermelha. O país está histérico com isso, a imprensa... E então os judeus vão passar pelo corredor polonês até Birobidjan. Agora, me desculpe. Vai levar só um minuto.

E por cerca de um minuto ele chorou, chorou musicalmente. Estava chorando, disse, porque estava muito sujo. Acreditei nele. Estar sujo faz a gente chorar mais vezes do que por estar com frio ou com fome. Não estávamos com tanto frio nem com tanta fome, não mais. Porém estávamos muito sujos. Nossas roupas estavam duras, quase um pedaço de pau, feito cascas de árvore, de tanta poeira. E debaixo da madeira, piolhos de madeira, vermes de madeira.

— Ah, assim está melhor. Fico espantado de ver como as mulheres conseguem ficar limpas — prosseguiu, como se falasse sozinho. — Talvez elas se lambam como gatas. E nós somos como cachorros, que ficam só rolando na merda. Agora — voltou-se para mim —, eu estou num dilema. Talvez você possa me ajudar a resolvê-lo.

Concentrou-se e sorriu — os dentes bonitos. Descobri que eu ainda temia aquele sorriso.

— Aqui — disse ele — não é bom. Não posso ficar aqui.

Estou indo embora. Estou de partida. *Aqui* não é nada bom. Aqui, todos vão morrer.

Falei: Chega uma hora em que a gente tem de...

— Ah, não me venha com essa. Qualquer um no campo pode me dizer isso. A questão é que sou necessário com urgência na liberdade. Para proteger minha mulher. Portanto, duas opções. Posso fugir.

Para onde? Birobidjan?

— Posso fugir. Ou posso informar.

Falei: Hoje vamos à casa de banhos.

— Escute aqui, leve-me a sério. Pense bem, pense bem. Se eu informar, é concebível que eu seja perdoado. Com as coisas do jeito que estão agora. Você sabe, dou a eles uma lista de todos os líderes da greve. Eu podia tentar isso. Depois você podia me matar. E sabe o que você ia ganhar se me matasse? — Fechou os olhos, fez que sim com a cabeça e abriu-os de novo. — Vai ficar de pau duro.

Falei: Hoje vamos à casa de banhos.

Liev olhou para o chão enquanto dizia:

— E essa é uma outra razão para chorar.

Nós dois sempre íamos juntos à casa de banhos. Mesmo quando não estávamos conversando ou olhando um para o outro. A coisa tinha de ser feita em revezamento. Agora, você deve estar pensando que a casa de banhos era o lugar aonde todos queríamos ir, mas muitos homens preferiam arriscar-se a levar uma surra para evitá-la ou mesmo adiá-la. Nenhuma de nossas inúmeras agitações produziu efeito algum na casa de banhos. Por exemplo, era muito possível alguém sair de lá ainda mais sujo do que havia entrado. Um dos motivos para isso era institucional ou sistêmico: falta de sabão. Nem sempre faltava água, mas, ao que parecia, sempre faltava sabão. Mesmo em 1991, os trabalhadores de minas entraram em greve por causa de sabão. *Nunca* havia sabão suficiente na União Soviética.

Fazíamos fila na neve enlameada. Então de repente lá estavam cem de nós num vestiário com ganchos só para doze. E de repente havia sabão — pequenos glóbulos negros, distribuídos em um balde. Nesse ponto, tudo menos o casaco foi jogado num vaso, para ser redistribuído depois, aleatoriamente; mas, nessa permuta, podíamos resguardar nossos bens mais preciosos — o trapo sobressalente para envolver os pés, a colher extra. Liev ficou entre os primeiros, com sua caneca de água quente. Olhei bem para o meu glóbulo preto. Ergui-o até o nariz. Cheirava como se alguma lei sagrada da física tivesse sido aviltada em sua criação.

Foi então que percebi, no bolso do trapo pesado feito chumbo que eu tinha nos braços: a carta de Liev... Após quatro anos de guerra e quase sete anos de campo, minha integridade, alguém pode supor, tinha sido submetida a um bocado de pressão. Um estuprador temporário (ou assim parecia), um matador insensível (mas também intumescente), eu pretendia, quando chegava a pensar nisso, voltar a ser o tipo de homem que eu era antes de 1941. E agora, é claro, eu choro ao pensar que imaginei que isso seria possível. O tipo de homem que chamava a atenção de um vendedor para o fato de ele ter cobrado menos do que o preço estabelecido; o tipo de homem que cedia o seu assento para idosos e doentes; o tipo de homem que nunca lia primeiro a última página do romance, mas chegava até lá por meios honestos; e assim por diante. Mas havia a carta de Zóia e eu a peguei.

Existem razões egoístas e utilitaristas para se comportar bem, como se pode constatar. Passei por alguns apertos no campo, não há a menor dúvida, mas aqueles cinco minutos, sob a névoa marrom da casa de banho, davam para abastecer meio século de sofrimento... Notícias da família (a saúde ruim da mãe dela, os progressos do irmão), o emprego novo na fábrica de tecido, Kazan, a idéia de um "lar" no Leste, compenetradas e repetitivas juras de amor: tudo isso terminava no primeiro parágrafo. O restante, quatro páginas densas, era, está claro, de estilo alegórico, esopiano, e a fábula se desdobrava em três etapas. Ela descrevia o arranjo de um vaso de flores e então a preparação e o consumo de uma vasta refeição. Era fácil de traduzir: uma maratona de embelezamento (com muitas poses e enfeites), uma saturnal de preliminares e uma negra massa de coitos contorcionistas. Até a caligrafia, embora pequenina, parecia completamente indecente, libertina — sem nenhuma vergonha.

Liev saiu e eu entrei.

As visitas conjugais, na Casa de Encontros, ainda não haviam começado. A dele estava a três anos e meio de distância.

A brigada de Liev, naquela manhã (14 de fevereiro de 1953), foi reformulada e reequipada e demorou a começar. Os porcos detiveram a coluna quando ela atravessava o pátio. E um deles falou:

— Temos um visitante ilustre. Senhores, apresento o camarada Uglik.

Uglik? Tire o uniforme (e as botas de montaria e o lenço no pescoço) e ele mais parecia um urka do que um porco. E os urkas, é preciso dizer, eram fisicamente vivazes. Às vezes a gente se surpreendia pensando que se a vida humana terminasse, de um jeito ou de outro, aos vinte e cinco anos, então até que seria razoável ser um urka. Por outro lado, nos porcos, a única sugestão de umedecimento e mobilidade nas caras cinzentas, fechadas, era a umidade de lavatório que brotava quando ficavam excitados. Uglik esteve conosco apenas por uma semana e esteve ativo entre nós apenas por um dia e uma noite. Mas ninguém jamais se esqueceu dele.

Seu rosto era liso e roseamente sensual, com lábios fartos, úmidos, que se inclinavam para fora. Os olhos eram muito radiosos. Olhar para aqueles olhos dava não apenas medo, mas o tipo de depressão que em geral leva uma semana para se formar. Os olhos dele eram fatigantemente vigorosos. Uglik, eu creio, veio do futuro. Até ali, o zelador padrão do gulag era um produto do resíduo adormecido que se encontra em todas as sociedades: sádicos e subnormais (e os onanistas mais pálidos e pegajosos), agora imensamente poderosos; e em seus melhores momentos, seus momentos de lucidez e sinceridade, todos eles sabiam disso. Por isso preferiam atormentar um cosmólogo ou um dançarino a um estuprador ou um assassino. Queriam alguém bom. Criado por um porco, como um porco, Uglik era diferente. *Ele* jamais se sentiu anormal. E estar livre da vergonha consciente forneceu-lhe o lazer necessário para formar-se como um extrovertido. Ele era, por outro lado, um alcoólatra. Por isso estava ali, como rebaixamento e punição por uma cadeia de infortúnios em vários campos no Sul da Ásia Central. Estavam mandando para nós seus homens perdidos. A essa altura, Uglik tinha mais dois meses para viver.

"Apresento o camarada Uglik." Os guardas pararam a equipe de trabalho — a equipe de trabalho de Liev —, e o camarada Uglik recebeu ordem para examiná-la. Moveu-se de um espantalho para o outro, graciosamente, com uma curvatura de joelhos e um sorriso cortês — como se, disse Liev, estivesse escolhendo um par para dançar. O que era verdade. Queria que seu par fosse jovem e forte, porque queria dançar demoradamente. Por fim, fixou-se em um candidato (Rovno, o ucraniano grandalhão) e escolheu uma infração (um boné inadequado). Então Uglik flexionou seus dedos erguidos, envoltos num par de luvas pretas de couro.

Um porco, em geral, batia na gente mais ou menos segundo um método, feito um homem que corta uma árvore. Uglik, é claro, pretendia encenar uma exibição, e o fazia com muitos meneios e floreios elegantes e com volteios de toureador, de nádegas duras — pequenos intervalos para aplausos tácitos. Não era muito gordo nem tinha muitas pintas — de fato, àquela altura, não estava ainda arquejando e suando muito, ainda não estava muito embriagado... A coisa deu errado para Liev quando alguém perto dele soltou um grito — uma só palavra e, nas circunstâncias, a pior possível. A palavra era *veado*. A cabeça de Uglik virou-se para ele, disse Liev, feito um cata-vento atingido por uma rajada de ar. Avançou. Escolheu Liev, quero crer, porque dessa vez queria alguém pequeno. Um murro duplo nas orelhas com as palmas das mãos enrijecidas. Todos ali lembraramse de um tapa ecoante, mas Liev lembrava-se de uma explosão.

Não foi o último feito de Uglik durante sua breve estada entre nós. Já de noite, visitou o bloco feminino. Ali também se impôs: não estuprou — apenas bateu. E por fim, no caminho de volta para a casa da guarda, conseguiu cair no chão e desaparecer no escuro, ao pé dos portões de madeira da fábrica de brinquedos. Uglik passou cinco horas exposto aos quarenta graus do gelo. Estava de luvas.

Rovno, o camponês gigante, logo se recuperou. Quanto a Liev — naquela noite estava no alojamento, estirado de costas, e duas minhocas de catarro sangrento escorriam coleantes para fora de sua cabeça. À sua volta, só se falava em como e quando revidar, mas Liev era Liev, mesmo nessa hora.

— É uma provocação — dizia ele o tempo todo. — *Uglik* é uma provocação. — E algumas pessoas lhe davam atenção agora. — Não aceitem provocação. Não aceitem. — Então olhou para mim e disse de repente: — Dá para ouvir a minha voz?

Ouvir?, perguntei.

— Ouvir. Porque eu não consigo. Só consigo ouvi-la por dentro.

Três dias depois, tivemos a oportunidade de observar Uglik durante uma hora inteirinha. E mesmo em nosso mundo, Vênus, mesmo em nosso mundo de gêmeos siameses, tritões e mulheres barbadas, aquilo era uma coisa digna de se ver.

Estávamos na marcenaria, que permanecia sempre sem sol, na sombra eterna de seu beiral comprido, e tínhamos uma visão clara da varanda da enfermaria, onde Uglik estava sentado numa cadeira de balanço com uma colcha nas pernas, de sobretudo e botas. Estava sem luvas. Em silêncio, nos amontoamos em volta da janela. A intenção imediata de Uglik, visivelmente, era fumar — mas isso já não era uma questão simples. Janusz pôs o cigarro na boca de Uglik, acendeu-o para ele e depois se afastou.

Lá estávamos nós, na janela, seis ou sete pessoas, com as ferramentas nas mãos. Ninguém se mexeu... Uglik parecia soltar as baforadas muito confortavelmente, mas, a intervalos de alguns segundos, erguia um pulso, depois o outro, à altura da boca, ambos enfaixados, várias vezes seguidas, antes de se dar conta de que não tinha mãos. Por fim, depois de cuspir a guimba por cima da balaustrada, ocorreu-lhe, após um tempo, que dali a pouco ia querer fumar outro cigarro. Deixou o maço de cigarros cair no chão e chutou-o; ajoelhou-se, tentou usar o coto dos antebraços como alavancas ou tenazes; em seguida deitou-se de barriga para baixo e, como um homem que tentasse tomar posse do chão de madeira e entrar nele, beijá-lo, contorceu-se e sacudiu-se até que conseguiu afocinhar um cigarro com seus lábios cobiçosos.

E é claro que havia mais. Agora: ver um porco se confundindo na contagem dos presos, ou mesmo das tigelas, ou das colheres; vê-lo parar, franzir o rosto e começar de novo — por um momento é o mesmo que estar de volta à escola, quando a gente vê de relance o absurdo, a ilegitimidade secreta do poder dos adultos. Dá vontade de rir. Mas isso é na liberdade. Na servidão penal é diferente. Ficamos ali parados na janela da marcenaria. Ninguém riu. Ninguém falou e ninguém se mexeu.

Com todos os sinais de ampla satisfação, Uglik voltou para a cadeira de balanço, a cabeça pendeu para trás: o cigarro vertical parecia um flautim que agora ia trilar os louvores de Uglik. Bateu nos bolsos e (sem dúvida) ouviu o chocalhar amistoso de sua caixa de fósforos; moveu-se para pegá-la. Houve um intolerável interlúdio de perfeita imobilidade, antes que ele gritasse furioso para chamar Janusz.

— *Eu nunca soube* — pudemos ouvi-lo falar em tom ameno (e ele o disse mais de uma vez) —, *eu nunca soube que aqui no Ártico fazia tanto frio.*

E quando Janusz afastou-se de novo, Uglik, com um repelão, brandiu fugazmente para ele sua desaparecida mão direita.

Veja, Uglik tinha outra coisa na cabeça: o medo mortal. Suas atividades no bloco feminino, naquela primeira noite, resultaram numa petição, numa manifestação e agora numa greve. Isso seria percebido. E no fim, sem dúvida, tudo aquilo recairia sobre Uglik — sim, um destino muito árduo para o camarada Uglik.

Um grupo de transferidos de Kolima nos contou a história toda, naquela primavera. Reconvocado para Moscou, Uglik foi submetido a julgamento e sarcasticamente sentenciado a um ano nas minas de ouro no extremo nordeste. Ele não garimpava ouro nenhum e assim não recebia comida, e em conseqüência transformou-se num mais ou menos instantâneo comedor de merda, e — forçosamente — um comedor de merda em sua máxima perfeição. Morreu de fome e de demência após um mês. Saber disso não teria aliviado nossos pensamentos e sentimentos na hora em que olhávamos para ele através da janela da marcenaria.

Era da natureza da vida do campo que a gente sofresse até por Uglik — por Uglik, com Uglik. Liev também, com sua cabeça de gongo, o ouvido esquerdo já infeccionado e agora chiando com a água oxigenada de Janusz, seus giroscópios interiores ondulantes de náusea e vertigem. Contemplávamos, todos nós, perdidos num horror séptico. Não era apenas a aterradora simetria de seus ferimentos — como se fosse o fruto de um castigo bárbaro. Não. Uglik nos mostrava como as coisas eram de fato. Ali estava o nosso mestre: o homem tão imbecilizado pelo medo que não conseguia lembrar que não tinha mais mãos.

Olhei para Liev. E então, acho, aquilo caiu sobre mim e meu irmão — a desconfiança do que aquilo poderia vir a significar mais tarde. Descobri que a desconfiança era insustentável e me desfiz dela. Mas eu já ouvira o seu sussurro, que dizia... Os Ugliks, e os filhos dos Ugliks, e a realidade que os criou: tudo isso ia passar. Mas ainda havia outra coisa, algo que jamais ia passar e que estava só começando.

Uglik cuspiu seu segundo cigarro, esfregou o nariz no coto e entrou, abrindo caminho com os ombros.

No dia 5 de março, fomos reunidos no pátio e nos comunicaram a morte do grande líder dos seres humanos livres de todo o mundo. Silêncio em toda a zona dos campos, um silêncio de teor raro: lembro de ter ouvido os ruídos subterrâneos dos meandros nas minhas cavidades nasais. Era o silêncio do vácuo. Por pelo menos cinco ou seis anos, no campo, correram fortes rumores, reabastecidos diariamente, ou mesmo de hora em hora — rumores que situavam Iossif Vissariónovitch cada vez mais perto das portas da morte. E o que tínhamos agora era um vácuo. Agora ele não estava em parte alguma. Mas nós estávamos em toda parte.

A partir daquele dia, uma rota de colisão foi mapeada à nossa frente. Nada de anistia (não para os presos políticos), provocações ultrajantes mais freqüentes (mais Ugliks) e depois a incontrolável impaciência dos homens — de todos os homens, exceto Liev. Assim, está claro, nos insurgimos. E os porcos não conseguiram nos segurar. Terminou no dia 4 de agosto, com as tropas da Tcheka, carros do corpo de bombeiros e caminhões reforçados com placas de aço e munidos de metralhadoras.

Temos um pouco de tempo, já disse. Um pouco de tempo, você e eu. E então você vai ter de encarar e agüentar.

Liev estava sozinho no alojamento. Ficava sentado à mesa junto à estufa (inativa durante o mês de verão), com as mãos cruzadas à frente, como um juiz.

— Ah, Espártaco — falou. — *Meu Deus*, o que foi isso? Uma barricada?

Eles estavam atacando o campo inteiro, setor por setor. O som de berros, de gritos, de disparos e do desabamento de paredes empurradas por tratores ia e vinha no vento quente.

Falei: As mulheres estão lá fora. Todo mundo que consegue andar está lá fora, na linha de combate. Ombro a ombro. Você não tem alternativa. Quando isso terminar, acha que os homens vão conseguir tolerar a visão de você?

— Humm, o tal molhado. Isso se *houver* ainda algum homem quando tudo terminar. Eu não ficaria surpreso se matassem também todos os porcos. Uma fumaça, irmão. Sim, continue, um cigarro contemplativo...

Ele tinha agora uma nova alternativa, ou uma nova entonação: precisa, quase legalista, e ligeiramente alucinada. A voz de um solitário.

— Sabe — disse —, os massacres querem acontecer. Não são neutros. Lembra-se da contagem de presos fascistas no pátio em, quando foi, 1950? Quando a torre de vigia sobrecarregada desabou. Foi tremendamente engraçado, não foi? O jeito como caiu, feito um elevador desprendendo dos cabos. Mas então ouvimos o som de todos os fuzis engatilhando. E todos os homens com uma risada presa no peito, um vulcão de riso. Um único riso abafado e teria acontecido. O massacre dos homens que riram. Eu soube então que os massacres querem acontecer. Os massacres querem ser massacres.

Bem, é melhor você também querer um massacre. E um massacre completo.

— Sim, já fui ameaçado. É como um pelotão de bloqueio no Exército, não é? Possível morte com honra na vanguarda. Ou morte certa com infâmia na retaguarda. Fume. Tenho cantado aquela música, "Vamos fumar".

E há outros motivos, falei. Se você ficar aqui sentado no seu banco, vai se sentir um merda pelo resto da vida.

— Bem, eu *não* vou me sentir um merda por muito tempo, vou? Tenho escutado o rádio com o Janusz. As coisas estão melhorando lá na liberdade agora. Os *Médicos* foram todos perdoados. "A gripe", isso morreu quando ele morreu. Zóia não está em Birobidjan. Vai voltar para Moscou. Para o seu sótão. O futuro parece formidável.

Você nunca mais vai escrever um poema. E nunca mais vai trepar com sua mulher.

— ... Por fim você conseguiu me convencer, irmão. Posso ir lá fora e subir num caixote e falar para eles ignorarem as provocações, voltarem para a porra dos seus alojamentos e esperarem. Ou posso ir lá fora e lutar. Você sabe que eles vão matar todos os líderes. Você tem dez vezes mais chance de morrer do que eu. Nunca tinha notado, a não ser agora — falou —, que você era assim tão romântico.

Provocada ou não provocada, a Rebelião do Norlag, creio eu, foi algo de uma beleza heróica. Não posso e não vou desistir. Estávamos prontos para morrer. Eu conhecia a guerra e aquilo não era como a guerra. Deixe-me explicar bem. Você está enganada, minha querida, minha preciosa, se acha que nas horas que antecedem a batalha o coração de todos os homens está repleto de ódio. Essa é a ironia e a tragédia da história toda. O Sol se levanta sobre a planície onde dois exércitos se encaram. E o coração de todos os homens está cheio de amor — amor pela sua vida, toda vida, qualquer vida. Amor, não ódio. E na verdade não conseguimos encontrar o ódio, do qual vamos precisar, antes de dar o primeiro passo para dentro do redemoinho de ferro. No 4 de agosto, o amor ainda estava presente, mesmo ao final daquele dia. Era... era como Deus. E não um Deus russo. Foi magnífico o modo como resistimos ombro a ombro. Todos, as mulheres, Liev, todo mundo, até os comedores de merda, resistiram ombro a ombro.

Dois dias depois, eu estava num campo de triagem na tundra, para receber outra sentença ou a execução. Semion e Johnreed já tinham sido fuzilados quando os aviões chegaram de Moscou. Béria tinha caído. O homem indicado para prendê-lo foi o meu marechal, Gueórgui Júkov. Adoro que tenha sido assim. Lavrénti Béria, o sagaz degenerado, levantou os olhos, em sua escrivaninha, e viu sua nêmesis: o homem que tinha vencido a Segunda Guerra Mundial... Fui, sem nenhum sentido, transferido para Krasnoiarsk e embarcado de volta pelo rio Ienissei na primavera seguinte. Por ocasião do meu regresso, um dormitório fora de uso à beira do monte Schweinsteiger estava sendo reconstruído, para servir como Casa de Encontros.

No dia 5 de agosto de 1953, após vinte e oito horas de cirurgias de emergência, Janusz olhou para o espelho: achou que devia haver um pouco de talco em seu gorro. Seu cabelo tinha ficado branco.

Mais ou menos por essa época, em outra questão familiar relacionada com o falecimento de Iossif Vissariónovitch, Vadim, meu meio-irmão e gêmeo fraterno de Liev, foi espancado até a morte enquanto tentava suprimir greves e motins em Berlim Oriental.

5. “Que tremendo paraíso você tem aqui”

Assim, passamos para o regime de visitas conjugais. E lembre-se: a vida era fácil, então, em 1956.

As esposas começaram a vir ao campo dois anos antes, mas era um direito assegurado só aos trabalhadores mais fortes entre os fortes. Portanto foi nisso que Liev se transformou, tudo de novo. Ao recordá-lo agora, vejo uma versão infantilizada dos cartazes e das pinturas de uma época anterior — os grandes glóbulos de suor, as veias saltadas nos antebraços, até o olhar de aço que despontava para avistar o futuro. Ele fez o trabalho e recebeu o direito. Agora, porém, a questão era a seguinte: ele queria mesmo aquilo? Alguém queria?

Levando em conta a diversidade e a intensidade do sofrimento que a situação quase sempre causava, eu me espantava de ver como aquilo permanecia almejado e cobiçado: o chalé no morro. Eu era um estudioso atento desse rito de passagem — embora completamente irreflexivo, admito, e sobretudo no início. Para os maridos, a visita conjugal significava cabeça raspada, desinfecção, agüentar o jato da mangueira de incêndio.

Eles saíam da casa de banhos irreconhecivelmente branqueados, estimulados, alertas, em roupas enrijecidas não pela poeira, mas pela grosa de detergentes ferozes. Então, com todos os sinais do apetite e da eloqüência, eles se apressavam, sob a luz da guarda, rumo à Casa de Encontros. E no dia seguinte, quando as ruínas e os espectros desciam o morro cambaleantes, eu me via pensando: Você clamou por isso. Nós lutamos por isso. Qual é o problema agora?

Mas logo o significado daquilo me pressionou e acabei por me curvar ao poder maior. Parecia, de fato, que era este o propósito do sistema vigente: queria empurrar até o último de nós contra o canto mais fundo possível. "Viver nos cantos", era como diziam na liberdade. Quatro pessoas de quatro casais ou de quatro famílias por quarto, morando nos cantos. As mulheres que vinham à Casa de Encontros pertenciam a uma categoria própria: eram esposas de inimigos do povo e viviam sob uma perseguição específica lá fora, na grande zona. E não só as esposas, mas a família inteira. Aqueles quartos arejados no chalé da montanha eram de fato muito povoados; tentáculos líquidos de injustiça e de culpa fluíam a partir da cabeça do polvo, e você era como o seu bico.

Todos os homens eram diferentes. Ou não eram? Havia um tema compartilhado, eu creio. E esse tema era a anemia crônica. Tentavam ficar com o sangue vermelho; mas o seu sangue era de um branco aguado. O rosto fino de um homem confessa o fracasso, seu corpo o confessa: a boca enviesada, a debilidade de algodão dos membros. Esse homem reivindica o sucesso: ele empurra a gente contra a parede e, num sussurro ameaçador, olhando através da gente ou para além da gente, conta o que ela fez com ele e o que ele fez com ela. E também seu coração se encontra desprotegido. Esse homem acabou de saber que seu casamento está acabado e que seus filhos se encontram agora sob os cuidados do Estado: ele vai chegar bem perto de tomar o rumo do perímetro. Esse homem parece animado, de modo mais ou menos convincente, embora esteja sempre pensativo e muitas vezes choroso: fica reavaliando e recombinando suas perdas — e isso era provavelmente o melhor que alguém podia esperar. O que se estava conhecendo era a primeira onda do que viria a ser o restante da vida. Via-se a acumulação de toda a complexidade que estava à espera lá na liberdade. Todo mundo pisava bem de leve ao passar por esses homens e por seu manto de solidão.

Veja, a Casa de Encontros era também, e sempre, uma casa de separações — mesmo no melhor dos casos. Havia um encontro e havia uma separação e então os anos de separação recomeçavam.

Agora, toda vez que o trabalho me levava até a pequena ladeira íngreme e eu via as telhas brancas do chalé, o bom e branco telhado contra o volume negro do monte Schweinsteiger, eu me sentia como quando passava pelo isolamento e seu duplo círculo de arames farpados.

Chegou o dia: 31 de julho de 1956. Chegou a noite.

Fui buscá-lo na casa de banhos. Ele estava sozinho no vestiário, lá na extremidade, sob uma placa de luz amarela. O que existia entre nós agora era uma espécie de co-dependência. Amor também, mas cheio de intenções cruzadas, e nunca tanto como naquele dia, naquela noite.

Ela está aqui, falei. As Américas estão aqui. Eles a levaram para preencher os questionários.

Liev fez que sim com a cabeça e soltou um denso suspiro. Já não era muito provável, porém poderiam mandar Zóia de volta, com um insulto; ou concederiam a ele meia hora com ela na casa da guarda, um porco sentado entre ambos, palitando os dentes... Liev fora tosquiado, despiolhado e banhado com o esguicho da mangueira de incêndio. Estava bamboleando de leve para a frente e para trás, como um boxeador peso-galo antes de uma luta que contava ganhar.

Caminhou, sob escolta, para fora do campo e para além dos arames, sobre o tapete de flores silvestres, e subiu a pequena ladeira e os cinco degraus de pedra rumo ao anexo — aquele sonho compacto e manejável de nobreza e repouso, com as cortinas, o quebra-luz, o serviço de jantar sobre um banco sem encosto. A garrafa térmica com vodca, as velas que na noite branca não seriam propriamente necessárias. Até então eu não havia percebido tanta ansiedade em meu irmão caçula. Ele era jovem. Estava formidavelmente adaptado. Seu ouvido esquerdo estava morto, mas já não havia infecção. Dormia na bancada de cima e comia a ração completa, acrescida de vinte e cinco por cento.

Então veio o recuo: as duas divisas militares invertidas no meio da sobrancelha, o ricto suplicante. Aquilo não podia estar ali: o medo do fracasso, cujo desígnio, talvez, fosse conservar os homens honestos, mas acabava por deixá-los malucos.

Lembra-se do que eu disse a ele? Que tremendo paraíso você tem aqui. Também falei: Escute. Pode me mandar cair fora e o que mais você quiser, mas escute um conselho que vou lhe dar. Não espere grande coisa. *Ela* não espera. Portanto, você também não deve esperar.

— Não acho que eu esteja esperando grande coisa.

Abraçamo-nos. E quando me abaixei para sair, vi a pequena engenhoca no parapeito da janela, o tubo de ensaio, escorado em uma estrutura de madeira entalhada à mão, e uma só flor, sem talo — um carmim amoroso.

Já lhe contei sobre a noite de 31 de julho.

A Cafeteria do Conde Krzysztov. Fazendo força para não rir, ele me deu uma xícara de uma imundície preta e quente. Fazendo força para não rir, eu bebi.

Ei, Krzysztov, falei. Por que você precisa de todos esses zês e todas essas letras metidas no meio do seu nome? Por que não se chama Krystov?

— *Krystov*, não — respondeu. — Krzysztov!

Houve uma palestra sobre o Irã, à qual não fui. Houve meu encontro secreto com Tânia: sua boca cortada, como uma cicatriz, marcando o passo no que um dia havia sido seu rosto. Ela tinha vinte e quatro anos. A meia-noite veio e se foi.

A personificação de um homem sensato: isso é cansativo. A personificação de alguém sensatamente bom. Isso também é cansativo. Eu deveria dormir, é claro. Mas como ia fazer isso? Eu tinha visto uma mulher que parecia uma mulher: Zóia, de lado, toda ela em movimento no vestido branco de algodão, uma das mãos erguida para segurar a capa de chuva jogada sobre os ombros, a outra mão balançando uma bolsa de palha abarrotada, as nádegas brasileiras, os peitos californianos, e tudo sincopado, no contratempo, enquanto ela se movimentava ao longo da trilha rumo à Casa de Encontros, onde estava Liev.

À minha volta, no escuro, os prisioneiros comiam a refeição dos sonhos, devoravam, engoliam sem mastigar. Eu conhecia aquele sonho, todos nós conhecíamos, com nacos de pão cor de mel e de mostarda que flutuavam à nossa volta e viravam fumaça em nossas mãos, em nossos lábios, em nossa língua.

Eu tinha mais alguma coisa dentro da boca. A noite inteira andei e rastejei por uma paisagem recoberta de saibro, um deserto onde cada grão de areia, em algum momento, mais cedo ou mais tarde, tinha vez entre meus dentes.

* * *

Quando o vi pela primeira vez, do outro lado da cerca que demarcava o limite, juro por Deus que pensei que ele tivesse ficado cego durante a noite. Era guiado pelo braço, ou arrastado pela manga. Então o porco simplesmente o atirou com um safanão no meio do pátio. Liev deu um giro completo, balançou, firmou-se, e por fim começou a avançar.

Pensei também em sua chegada, em fevereiro de 1948, quando ele saiu tateante do barracão de descontaminação e movia-se às cegas, um passo de cada vez — mas não lentamente, porque sabia na ocasião que havia sempre grandes distâncias a percorrer. Dessa vez, movia-se lentamente. Dessa vez, estava cego ao meio-dia. Quando chegou mais perto, percebi que era mais simples e que ele apenas não estava interessado em nada situado além de um centímetro de seu rosto. Os olhos, na verdade, estavam voltados para dentro, onde faziam o trabalho do rebaixamento, da demolição interior. Liev passou por mim. Sua mandíbula remoía devagar, como se chupasse com aplicação uma pastilha ou uma bala. Algum bombom guardado às escondidas, talvez, jogado em sua boca por Zóia na hora da despedida? Achei que não. Achei que ele tentava enxaguar um novo sabor dentro da boca.

Claro, eu não tinha a menor idéia do que se passara entre eles. Mas sentia o peso daquilo de um modo que continuou a me chocar durante um longo tempo como algo tangencial e obstinado, e sinistramente impessoal. Foi embora sem grande choradeira — toda a minha esperança social. Mais especificamente, parei de acreditar, ali, na hora, que a sociedade humana pudesse um dia alcançar algo que fosse *um pouquinho melhor* do que tudo o que havia existido antes. Sei que você deve achar que aquela minha fé foi desalentadoramente vagarosa para se desmanchar. Mas eu era jovem. E durante dois meses na primavera e no verão de 1953, mesmo aqui, eu conhecera a utopia e sorvera a grandes goles o sublime e o amor.

Durante setenta e duas horas, ele ficou deitado de cara para baixo em seu beliche. Nem os guardas tentaram fazê-lo se mexer. Mas aquilo não podia durar para sempre. Na terceira manhã, esperei o alojamento esvaziar e então me aproximei. Fiquei parado junto à sua forma encolhida. Sussurrando, cochichando, esfreguei seus ombros até que ele abriu os olhos. Falei:

Hoje tem trabalho, irmão. Hoje tem comida.

E descolei-o das tábuas e ajudei-o a descer.

Escute, falei, você não pode ficar calado para sempre. O que pode ter acontecido de tão ruim? Tudo bem. Ela vai abandonar você.

Seu queixo levantou-se e eu olhava para o interior de suas narinas. Acho que Liev não sabia disso, até aquele momento. Sua gagueira tinha voltado.

— Me abandonar? — conseguiu falar afinal. E esforçou-se para prosseguir. — Não. Ela quer casar de novo. Casar direito. Ela disse que vai me seguir por toda parte. "Feito um cão."

Então está tudo claro, falei. Você não conseguiu. Ninguém consegue, não aqui. Sabe, em toda a sua história, não creio que tenha ocorrido uma única trepada de fato na Casa de Encontros.

— Eu consegui. Deu tudo certo.

Então me explique.

— Vou lhe explicar antes de eu morrer. — E levou muito tempo para conseguir falar. — Cruzei a fronteira — disse, lutando, dando tudo de si para suportar —, cruzei a fronteira para a outra metade da minha vida.

Tudo o que eu podia fazer era ajudá-lo com seus regulamentos e suas rações. Mas ele não conseguia comer. Tentava, tentava e não conseguia comer. Virava a cara para o lado. Tomava água e às vezes conseguia suportar o chá. Mas nada sólido atravessou seus lábios até setembro. Ninguém gracejava nem sorria nem dizia nada. Suas tentativas de trabalhar, de comer, de falar — elas eram respeitadas em silêncio por todos os prisioneiros.

Por outro lado, eu também havia cruzado a fronteira para a outra metade da minha vida: a metade melhor. Ele cruzou a fronteira e eu cruzei a fronteira. Nós dois.

A essa altura, o campo estava simplesmente desaparecendo à nossa volta. Tudo estava vindo abaixo e os internos eram meros obstáculos — vivíamos atrapalhando o caminho. À medida que a liberdade assomava, eu ia abraçando a inatividade. Liev, aos poucos, voltou a seu regime anterior — os polichinelos, a chicoteante corda de pular; era de novo um boxeador, mas com o aspecto relutante e sonolento de um homem a quem mandaram enfrentar um lutador muito acima do seu peso. Fomos quase os últimos a ir embora. Eles estavam praticamente arrancando os caibros do telhado acima de nossas cabeças. E quando não havia sobrado mais prisão nenhuma, deixaram que os prisioneiros simplesmente vagassem para fora e se fossem. Liev partiu primeiro.

Eu tive de esperar três semanas pelo carimbo de borracha. Mas nada me assustava, nem me preocupava, nem me incomodava. Eu não ligava para nada: a demora do meu atestado de reabilitação, a baixa prioridade do vale-transporte para o trem, a "ração de viagem" de pão. Nem liguei para a estação ferroviária de Predposilov — à primeira vista, um lugar claramente inviável, com dezenas de pessoas brigando por um assento. Arregacei as mangas e tomei meu lugar no vagão.

Vinte e quatro horas depois, com sangue coagulado nas bochechas e nos nós dos dedos, quando me instalei na minha brecha junto à janela do vagão, virei e vi um rosto apertado contra o vidro. Levantei-me no banco e esbravejei através da fenda:

Há quanto tempo está aqui?

— *Há muito tempo. Quero voltar.*

Claro que quer.

— *Não para lá.* — Acenou com a cabeça. — *Lá.*

Então, mais uma briga, mais safanões entre braços, pernas, troncos, agora encaixados de modo inamovível, e de volta outra vez, e de volta mais uma vez, enquanto trazia Liev para tomar o meu lugar.

Tudo bem, tudo bem, eu berrava mecanicamente, sem parar. Tudo bem — ele é só pequeno. É menor do que eu. Ele é pequeno. Tudo bem, tudo bem.

PARTE III

1. 3 de setembro de 2004: Predposilov

Hoje tem uma reportagem no jornal sobre os cães selvagens de Predposilov.

O autor não pára de tratar os cães de "selvagens", mas sua ênfase aterrorizada recai na disciplina e no *esprit de corps* dos cachorros. Fala dos "ataques coordenados" que promovem contra mercados e lojas, em especial contra o açougue, onde entraram pelo terreno dos fundos e "deram cabo" de cinco tortas de carne, três galinhas e uma enfiada de salsichas. A investida, diz ele, foi percebida pelo cão "de vigia", que latiu o alarme para o cão "de guarda".

Fundamentadamente, o autor da reportagem compara os cães selvagens de Predposilov com os cães "mutantes" de Moscou. Os cães de Moscou são chamados de mutantes porque moram no metrô e andam de trem. Você pode ficar intrigada ao saber que certa vez compartilhei um vagão com um pombo mutante no metrô de Londres. Ele embarcou em Westminster e desceu no parque Saint James.

Uma "fonte oficial" afirma que os cães selvagens de Predposilov foram os responsáveis pelo recente massacre de uma criança de cinco anos num parque de recreação municipal. Há uma foto do parque — belos tons pastel. Há uma foto da criança de cinco anos — amplamente estropiada. Boatos sobre a investida dos cães selvagens agora deixam vazia uma rua, uma praça.

Contam-me, aqui no hotel, que os cães descem por uma ladeira que fica nos fundos da cozinha todos os dias, à uma e vinte e cinco. O homem disse que a gente pode acertar o relógio por eles. Vou dar uma olhada bem atenta nesses cães selvagens de Predposilov.

Digam o que disserem sobre o local, Dudinka é uma proposição perfeitamente razoável. Se você tem mata e carvão e está num grande rio, então tem algo bastante parecido com Dudinka.

Dudinka está aqui já faz quase três séculos. Predposilov está aqui desde 1944. E não é uma reunião de moradias, como Dudinka, mas um lugar subjugado a bofetadas, em sua inteireza — a avenida Lêninski, a Casa de Cultura, o Teatro Dramático, a Sala de Esportes, o Centro de Festas e, mais recentemente, o Museu Histórico e Social. Por que uma cidade? Uma estação de mineração, sim, um amontoado de fábricas, muito possivelmente; e, se você faz questão, um campo de trabalho escravo com sessenta mil pessoas. Mas por que construir uma *cidade* tão perto do pólo Norte?

Quando saí de Norlag, senti, durante quase um ano, que pisava nas cascas de ovos da liberdade. A sensação me vem aqui, a desagradável vibração nas canelas, a enjoada levitação na coluna. Predposilov é oca. Por baixo da cidade, há minas a um quilômetro e meio de profundidade. O solo mesmo é uma casca através da qual podemos enfiar o pé. E há o monte Schweinsteiger, um ovo preto dentro de sua xícara, todo esvaziado.

Isto não é mais o Segundo Mundo. Nem mesmo o Terceiro Mundo. É o Quarto. É o que acontece *depois*. Já inabitável, de acordo com qualquer critério sadio, Predposilov veio a se tornar talvez o lugar mais sujo do mundo. No hotel, há incrédulos ambientalistas da Finlândia, do Japão, do Canadá. Contudo, os cidadãos remoinham e as chaminés do Kombinat continuam a vomitar com orgulho.

Sou o homem mais velho em Predposilov, com trinta e cinco anos de vantagem.

Tarde da noite, dei um pulo a um clube chamado Sessenta e Nove (o nome refere-se ao paralelo 69). Há um cantor, Presleiesco (fase tardia), em fulgores brancos dramaticamente voluteantes. E há garçonetes de fio dental, um vaivém de prostitutas e filmes eróticos leves exibidos nos monitores suspensos. Não, não me sinto enojado. Eu me sinto nojento. As pessoas olham para mim como se nunca tivessem visto um velho antes. Outros tão velhos quanto eu, e até mais velhos, existem, não é, Vênus? Mas de fato toda essa história já durou demais.

Minha intenção é tomar minha dose de ressaca. Mas eu não chego lá, propriamente. Minha ressaca não é uma ressaca. Eu estava enganado. É morte. Há alguma coisa no centro do meu cérebro, algo como um espirro preso. Que coça. E o ar aqui dá pontadas nos meus olhos e os faz chorar.

Ainda por cima eu agora vivo num perpétuo estado de cabeça quente. Perdi a calma três dias atrás e ainda não me recuperei. Estou também muito volúvel e já sou bastante temido aqui no bar, pelos funcionários e pelos fregueses. Depois de ficar tanto tempo calado, agora estou parecido com uma versão muito mais desordeira do Velho Marinheiro. O acordo no bar é que pago tudo, mas também falo tudo. Às vezes tiro um maço de dinheiro da carteira e saio bruscamente do salão em busca de alguém com quem berrar.

Andei lendo um pouco e isso terá um interesse especial para você, Vênus, já que você pertence a uma geração de automutiladores. Refiro-me ao destino histórico dos urkas.

Veja, não tenho a menor intenção de reabrir nosso debate (vamos chamá-lo assim) sobre seu *piercing* no queixo. O baixo-ventre fofo da sua orelha, com certeza — mas por que o queixo? Eu sei: é estranhamente consolador (você argumentou) focalizar todos os seus sentimentos afetuosos num ponto particular do seu corpo, machucado agora, mas logo curado; e por conseguinte a quinquilharia implantada vai assinalar o ponto da sua ferida auto-infligida. Muito bem. Mas e quanto aos "cortes", Vênus? Estou supondo que você não faz isso: seus braços, quando nos encontramos, se acham muitas vezes elegantemente descobertos. Mas muita gente faz isso. Cerca de vinte milhões de jovens americanos, eu soube, recorrem regularmente à válvula de sangria.

A cultura urka, em sua fase decadente, tornou-se muito mais boiola (os passivos humildes, os ativos arrogantes), o que nos leva a indagar até que ponto não terá sido sempre cripto-boiola. Sinto a sua esquiva. Essas palavras são como pontas de calor em você, não são? Sua censora ou comissária interior — ela não vai gostar disso, vai? Você tem uma censora morando em sua cabeça, mas isso não é de todo mal: você tem também uma esfuziante animadora de torcida morando aí. Portanto, não é de todo mal, de forma nenhuma, *ter uma ideologia*, como você tem... Agora, me entenda, Vênus. Ouço falar que as seqüelas de um homicídio cometido por amor entre gays é uma coisa tremenda, mas o impulso homossexual é claramente pacífico. *Cripto-boiolas* devem ser homossexuais; ficam confinados às mulheres; e estão entre os homens mais perigosos que existem.

A cultura urka, além do mais, tornou-se automutilante, com todo o rigor urka. Eles levam a batalha até o mais íntimo de si mesmos, engolem pregos, vidro moído, lâminas e colheres de metal, arame farpado. Isso em acréscimo às auto-amputações, autocanibalizações, autocastrações. Meu país sempre foi misteriosamente hospitaleiro para autocastradores. Começou no século XVIII, uma seita inteira só deles, os *Castrados*, que afirmavam que a remoção do instrumento era uma condição prévia, um *sine qua non* da salvação.

Cortar. Fazem isso para combater o entorpecimento, não é? Aqueles urkas eram prisioneiros condenados e lutavam contra o entorpecimento da prisão. A sua galera: contra o que ela luta? Se for o entorpecimento da democracia avançada, não posso me solidarizar. Outros sistemas, veja bem, afogam as glândulas e aferroam a ponta dos nervos.

A caminho, recomendaram-me o Museu Histórico e Social. Parece uma lavanderia ou uma firma de coreanos que vende quentinhas. E está fechada, ou para reparos, ou encerrou as atividades, ninguém sabe.

Mas quando fui até lá no início do entardecer, a persiana estava levantada. Minha minúscula gorjeta foi aceita por um jovem arruivado de macacão branco. Diz que é eletricista. Em todo caso, manipula de forma convincente uma série de caixas de fusíveis, conserta ou apenas desmonta. Aluga-me uma de suas três possantes lanternas.

Cujo facho em forma de quilha revela uma galeria baixa,

com quatro expositores de cada lado — *tableaux morts*. O vidro de lâmpadas quebradas se parte e estilhaça sob meus pé à medida que avanço e passo por vogules, êntsis, ostiacos, nganasanos etc.: os povos do Ártico assimilados, ou aniquilados, ou envenenados pelo álcool. Então chego aos zekes: nós. Olho à minha volta para as demais figuras, os espectros macilentos das tribos desaparecidas. A melhor parte de nós sente-se comovida ao tê-los como companhia enobrecedora, em qualquer cenário que for. Somos todos pobres, pobres desgraçados. Contudo eles eram multidões muito afastadas e teriam sucumbido, de toda forma, à mera modernidade.

Seus vultos modelados batem nos flancos de renas empalhadas e dão nacos de pão a cães *huskys* feitos de plástico. Eu estou representado, Liev está representado, pelo boneco de um cara velho sentado a uma mesa baixa, diante de uma estufa aberta, ao pé de janelas forradas de neve, ao lado de um catre desgrenhado. Os êntsis têm o seu restaurado equipamento do curandeiro, o seu simulacro de iurta. Nós temos as nossas esboçadas luvas típicas, com entrada separada só para o polegar, e nossa tigela de metal entalhado. Tudo isso sob o rodopiante, e agora vacilante, facho de luz da lanterna.

— Queríamos o melhor — disse certa vez um homem do Kremlin, referindo-se a mais algum desastre, a mais algum inferno panorâmico —, mas acabou sendo como sempre.

A Escola Número Um é como um laboratório e uma experiência de controle. Esta demonstrando como se constrói a totalidade russa.

No terceiro dia, chegamos ao ponto em que a situação dos

reféns não pode mais concebivelmente ser piorada. Reflita. Eles estão queimados, esfomeados, asfixiados, imundos, aterrorizados — porém há mais ainda. Lá fora, os corpos putrefatos das pessoas mortas no primeiro dia estão sendo comidos pelos cães. E se os cativos podem sentir o cheiro, se os cativos podem ouvir os sons dos cães carniceiros da Ossétia do Norte comendo seus pais, então todos os cinco sentidos comparecem e a totalidade russa está pronta. Nada mais falta agora. A situação deles não pode ser piorada. Só a morte pode piorá-la.

Então a morte vem no momento do alívio, da fração de alívio — porque a totalidade russa não pode concordar com isso. Os agentes médicos, após uma negociação, estão cuidando dos cães e dos corpos, quando a bomba cai do aro da cesta de basquete e o teto do ginásio vem abaixo. E se você for um assassino, então essa é a sua hora. Ela não é dada a muitos — a chance de matar crianças pelas costas enquanto elas correm às tontas em roupas de baixo entre os corpos putrefatos.

Sabe, não consigo encontrar um russo que acredite nisto: "Queríamos o melhor, mas acabou sendo como sempre". Não consigo encontrar um russo que acredite nisso. Eles não queriam o melhor, pelo menos é no que todos os russos acreditam. Queriam o que conseguiram. Queriam o pior.

E agora tem um médico, na televisão, que diz que algumas crianças sobreviventes "não têm olhos".

Gógol, Dostoiévski, Tolstói: todos eles insistiram em um Deus russo, um Deus especificamente russo. O Deus russo não seria como o Estado russo, mas ia chorar e cantar enquanto brandia o chicote.

Estou em um pânico terminal a respeito da minha vida, Vênus; e não é uma figura de linguagem. O pânico parece vir...

Parece? O pânico vem não de dentro de mim, mas da terra ou do éter. Dou tempo ao tempo — é só o que posso fazer. O pânico desliza sobre mim e depois se vai, deixando um sabor metálico na boca e no corpo, como se eu tivesse sido galvanizado ou fundido em metal. Depois ele volta, não no mesmo dia, e talvez não no dia seguinte, mas ele volta e desliza e me encobre em sua onda. Creio que ele varre o planeta inteiro, e que sempre varreu. Os únicos que sentem sua passagem são os moribundos.

Localização morta é uma expressão empregada pelos marinheiros — designa o simples cálculo de sua posição no mar. Não por pontos de referências nas estrelas. Apenas por cálculos de distância e direção. Sei onde estou: o porto para onde vou já deixa entrever seu contorno em meio à neblina. O que estou fazendo agora é localização morta. Estou fazendo uma localização com os mortos.

Há uma carta em meu bolso, no bolso interno do peito, que ainda preciso ler. Guardo-a aqui na esperança de que ela vá entrar em meu coração por um processo de osmose benigna, uma palavra de cada vez, na ponta dos pés. Não quero que meus olhos, minha cabeça, tenham parte nisso.

Mas vou abrir a carta e despejá-la à minha frente mais dia, menos dia.

2. Casar com a toupeira

Desde o início, me entreguei a fantasias sobre as páginas que vão se seguir. Não imagino que você vá achá-las particularmente estimulantes. Mas quando suas narinas se alargarem e sua mandíbula palpitar, preste atenção aos meus gemidos de satisfação — os pequenos roncos e rosnados de felicidade quase perfeita. Este é um "tempo calmo", como os que você muitas vezes podia ser induzida a desfrutar quando, depois de tomar chocolate demais e se esgoelar, se debater, se contorcer, se submetia afinal a um livro para colorir na mesa da cozinha ou a uma história gravada em fita, no seu quarto — antes de recomeçar a se esgoelar, a se debater, a se contorcer.

Sou um estranho numa terra estranha. Uma paisagem que começou a resplandecer se abre à minha frente: refiro-me às coisas mundanas. Deus, que visão linda. Vai haver altos e baixos, é claro, sobretudo para seu tio postiço e sua esposa, mas por ora essas vidas sobem e descem a seu bel-prazer. Já não sentimos *ininterruptamente* a massa pesada, a respiração de adenóide e o olhar débil mental do Estado. Como posso evocá-lo para você, o glamour extravagante do ontem? Estamos a salvo por enquanto; acima de nós está a chapa de caldeira da banalidade. Como uma fiandeira de saga de outras eras, quase posso começar o ofício de arrumar a casa para os meus convidados. "Zóia está tão esquecida como sempre." "Não, Kitty nunca encontrou o verdadeiro amor." E isso se prolonga por quase dois capítulos inteiros, e vinte e cinco anos. Tudo está bem, tudo está a salvo, até entrarmos no túnel de Salang.

Antes daquilo, porém, houve isto.

Como um preso político não reabilitado, eu era efetivamente "menos quarenta", assim como Liev. Essa expressão não se referia mais à temperatura em Norlag ou a uma tarde de outono. Para nós, agora, ela significava que quarenta cidades estavam fora do alcance. Éramos também inelegíveis para certos benefícios, como habitação e emprego... De Predposilov, fui para o leste, até o Pacífico (onde nadei), antes de tomar o caminho para o ocidente. Levei dois meses para chegar a Moscou. Passei meia hora com Kitty numa casa de chá de subúrbio chamada Chaleira Cantante, onde uma mochila estufada trocou de mãos. Era o legado de minha mãe que morrera serenamente, disse Kitty, na primavera. E depois durante vários meses eu parecia estar sendo rechaçado de uma aldeia a outra, sempre chegando de madrugada — a lâmpada pálida acima da saída da estação, o mostrador do relógio apontado para outra direção, a escadaria de pedra nua. Depois eu ingressava na escuridão e numa cidade feita de lata. O ar em si era ébano, como a negação, a refutação da idéia da luz. O desânimo em sua forma acabada, você poderia pensar. Escuridão, silêncio e uma rigidez palpável, como se as edificações fossem agarradas não à superfície do mundo, mas ao seu centro. E contudo eu sabia que meus passos produziam um som que não era mais temido e que as casas amontoadas se abririam para mim, se não na hora, então no dia seguinte. Porque a bondade estava esfregando os olhos e acordando de novo, a bondade russa — o zelo reflexo pelo bem do outro. E eu estava livre e estava são.

Eu vinha munido com um pouco do dinheiro da minha irmã, algumas das roupas de meu pai e alguns dos livros de minha mãe — especificamente, uma introdução à eletrônica avançada, uma cartilha da língua inglesa e as tragédias de Shakespeare em edição bilíngüe (as quatro principais e as peças romanas, mais *Timão*, *Tróilo* e *Ricardo II*). Eu amava minha mãe (e ela deve ter previsto na bola de cristal a minha presença aqui, em menos quarenta), como todo homem honesto deve amar e ama. E eu me perguntava por que as coisas não eram mais fáceis entre mim e as mulheres... Eu vivia sendo recolhido e rechaçado, é claro, mas aquele ano virou meu ano nômade sabático — pedi licença para viajar e estudar, e para relocação interna. O peso de Zóia, pensei, também estava se deslocando. Quando eu me acomodava de noite, ela estava sempre à minha frente, no momento em que eu fechava os olhos, despertando, semidespida, despenteada, um ligeiro sorriso de zombaria no lábio superior meio abaixado, enquanto me observava, a sua companhia para o esquecimento. Mas qual era o problema com ela? De forma surpreendente, e alarmante (isso não pode ser normal), sua efígie, seu escárnio desprenderam-se do controle da minha vontade. No passado, esse meu pequenino manequim particular era encantadoramente rigoroso, até draconiano em suas exigências e cobranças. Agora, não mais. Ela era sem palavras e sem vontades, muda e surda — não resistia, mas se mantinha inerte e quase incontrolavelmente pesada. Seu rosto estava sempre virado para o lado, numa dor e numa derrota insondáveis. Eu disse a mim mesmo: Bem, agora somos todos livres, eu acho. Portanto eu ia abrir mão e desistir, mantendo-a por um tempo em meus braços fraternais, antes de eu também dar as costas, para o sono e sem sonhos.

Essa bondade sexual que cruzou meu caminho naquela época e a minha reação em geral fraca diante dela produziram o efeito curioso de me imbuir de ambição material. A forma eslava, o retângulo de palidez enfeitado com frutas em calda, os grunhidos de compaixão ou de aquiescência, os sussurros farfalhantes: isso não atenderia mais. O centro — eu podia senti-lo me puxando, com suas mulheres e seu dinheiro. E no fim do verão de 1958 comecei a orbitar por Moscou.

Quando Liev chegou a Kazan, descobriu que sua mulher e sua madrasta já haviam se retirado para além dos limites do município. Ele era esperado. Minha irmã contou-me que os três estavam morando num "meio casebre" na periferia de outra cidade (menor, mais obscura — toleravelmente abjeta), onde Zóia encontrara trabalho no departamento de contabilidade de um celeiro. A velha Ester fazia e vendia colchas de retalhos e, em seu leito de enferma, continuava a lecionar hebraico (língua tornada ilegal em 1918) a um intrépido entusiasta e seus três filhos pequenos, que iam lá duas vezes por semana. Liev não fazia absolutamente nada. Passava boa parte do dia (segundo as cartas de Zóia para Kitty) em posição supina — compreensível e saudável, dizia ela; Liev "tentava recuperar suas energias". Eu não dizia nada. Em seus últimos meses lá, Liev foi de novo um dos homens de melhor condição física do Norlag. Surdo de um ouvido e com os dedos da mão direita, que parecia uma garra, mesmo quando dormia, cingidos na posse de uma picareta ou pá imaginária — mas fisicamente forte. Ao que parecia, ele alegava não poder trabalhar para o Estado, que, naquela altura, de todo modo, não o aceitaria mesmo. E o Estado era tudo o que existia. Ele se queixava de dores de cabeça e pesadelos. Era o início de um longo declínio.

Eu me saí melhor. Na maior dureza, no início, me acomodei mais ou menos na ala norte da capital e toda manhã ia para lá no trem das sete. Em pouco tempo, tinha dinheiro... Em 1940, havia quatrocentos televisores na União Soviética. Em 1958, dois milhões e meio. Todos pertenciam ao Partido Comunista. Cuidar dos televisores da nomenclatura — esse era o meu trabalho de todo dia e o meu trabalho de toda noite, instalar televisores, consertar ou simplesmente retirar seus restos, porque muitas vezes explodiam (mesmo quando desligados; mesmo fora da tomada). Em pouco tempo, me permiti uma extravagância: comprei meu certificado de reabilitação. Uma despesa considerável naquela época, porque a Rússia não se tornara — ou ainda não voltara a ser — uma sociedade da propina. Mas eu cuidei de mim.

Quando fui embora, eu tinha vinte e seis anos. Estava à beira dos quarenta quando voltei. Gula e preguiça, como objetivos mundanos, foram totalmente sobrepujadas pela avareza e pela luxúria, que, junto com a poesia (sim, poesia), consumiam todo meu tempo livre. Misturei-me à multidão do mercado negro, e minhas namoradas eram medíocres. Creio que seria exato dizer que eram do nível de um crupiê. Eram garotas de programa, veteranas e meninas, com excelente cabeça para os negócios. E no meu trato com essas mulheres, Vênus, eu me vi às voltas com um problema de logística que, cada vez mais, iria me atrapalhar. Peguemos uma ao acaso. A lista dos atributos de seu corpo e de suas habilidades equiparava-se, é claro, à lista de façanhas de seu passado. E seu passado era longo e fatigantemente populoso. E eles ainda estavam na ativa, aqueles homens: veja, naquela época quase qualquer um podia ser morto. E eu tinha de estar informado sobre eles. Todos eles. Então muitas vezes eu me via prolongando um romance já azedado e sem nenhum futuro, às vezes dobrava sua duração, só para ter certeza de que eu tinha posto para fora de Vladivostok um certo contrabandista renitente, ou para fora de Minsk um certo joalheiro maroto.

Entre 1946 e 1957, comi duas maçãs. Uma em 1949 e a outra em 1955. Agora eu enfrentava qualquer dificuldade para comer uma maçã todos os dias. O homem que costumava vendê-las para mim sabia que fruta fresca era um petisco requintado na União Soviética. Mas tínhamos idéias completamente distintas sobre o que era uma maçã. Na fila, havia correntes de aceitação e descrença. Se a fila tinha um comprimento de cinqüenta russos, havia sete ou oito que tinham ficado de fora, havia outros sete ou oito que os ajudaram a se colocar ali. Eu topava com olhares de homens e mulheres que concordavam comigo a respeito do que era uma maçã. Eu comia tudo, o miolo, as sementes, o talo.

O necessário era um encontro. Houve uma série de sondagens indiretas, propostas vagas, vagamente adiadas. Do lado dele, uma sensação de reclusão ou de paralisia; do meu lado, algo como o medo do diagnóstico. A marionete de bolso dormia ao meu lado, sem alterar a expressão do rosto, em sua anágua branca. Iria acordar? Eu queria que acordasse?

Tão logo consegui as chaves do novo apartamento, fiz um lance. Um convite que nenhum russo poderia concebivelmente recusar: uma festa de família na Páscoa para inaugurar minha casa nova. A data se aproximava: o equinócio de primavera, a primeira lua cheia sobre a planície da Eurásia do Norte, a sexta-feira, o sábado, o domingo.

Eu não via Liev fazia dezoito meses. Ele avançou pela sala principal, deixou Kitty e Zóia em meio aos cumprimentos na porta de frente. Viu bem meu sorriso, meus braços abertos, mas continuou a observar o ambiente ao redor — os tapetes, os sofás, o televisor cuja altura chegava ao peito, em sua estante de nogueira, a corneta de cobre do gramofone. Um olhar de desdém ligeiramente divertido não conferia exatamente charme ou distinção a seu rosto sem base de sustentação e de nariz achatado. Dei um passo para a frente e nos abraçamos. Ou eu o abracei. Mais cheio, mais mole, e o cheiro de tecido sintético mal lavado. Mas então Zóia inundou a sala com sua presença, e havia champanhe e teve início a refeição de sete horas.

— Entende o que estou falando? — disse Kitty mais tarde. — Ela está sangrando a vida dele.

Talvez seja só na aparência, falei.

Parecia ser isso, porque Liev mantinha seu ouvido bom (muitas vezes envolto pela concha da mão direita que parecia uma garra) exclusivamente voltado para Zóia. E ela era a sua intérprete. Se eu dirigia a ele uma pergunta, Liev me voltava um olhar de rústica incompreensão, que lentamente se diluía, quando Zóia, à queima-roupa, fornecia sua glosa sussurrada. Ele não conseguia ouvir — e não conseguia falar. Sua gagueira havia se reinstalado de todo. Assim às vezes parecia, quando ela gesticulava para Liev (Zóia sempre gesticulava) e extasiadamente lhe dava voz, que se tratava de um rito de leitura labial e de linguagem de sinais e que, sem ela, Liev ficaria sozinho em seu universo de mutismo.

Falei: Ele vai se animar um pouco mais tarde.

— Sim — disse Kitty. — Quando ficar bêbado.

Ela está muito mais linda agora, eu acho.

— Você acha? Sim. Está mesmo.

Ganhou seriedade. Ela não tem, mas a sua beleza tem.

— Vi que você olhava para ela... Você *ainda*?

Não, não. Não mais, graças a Deus.

— Empreste dinheiro para ele. Dê um dinheiro.

Mas eu disse que já tentei.

Nossas reuniões, que se tornaram bastante regulares, logo adquiriram um padrão — algo semelhante a uma disputa infantil de afirmação e réplica. Em geral, eles vinham nos visitar, mas as leis da hospitalidade exigiam que de vez em quando fôssemos à casa deles. Liev era muito diferente em Kazan. Ele dominava. Vinha ao nosso encontro não no hotel onde eu e Kitty nos hospedávamos, mas numa esquina do bairro industrial — a névoa de zinco de Zariétchie. Em seguida, havia uma longa caminhada, com os visitantes acertando o passo atrás dos dois capotes de lã com capuzes, os dois pares de botas plásticas rangentes. "Ah, *aqui* estamos, que bonito", dizia ele, abrindo com um movimento de alavanca a porta emperrada de uma cantina de albergue ou de uma cafeteria decadente. Enquanto empurrávamos a comida de um canto a outro de nossos pratos, ele nos indagava de sua qualidade. A carne de cavalo está cozida como deve ser? O mingau está *al dente*, espero? Quando isso terminava, tomávamos um copo de vodca fajuta numa taberna turbulenta ou num botequim. E Liev e Zóia, chapinhando no chão molhado, voltavam para a rodoviária às oito e meia.

Essas excursões, claro, eram nitidamente, quase declaradamente, punitivas. Kitty não ligava muito e eu achava aquilo bastante divertido, de um modo que torturava os nervos. Era Zóia quem sofria. Abanando-se com o leque, mantinha a cabeça num ângulo orgulhoso, respirava fundo através das narinas rijas. Seu rubor durava meia hora, e o grande eixo de sua garganta era como um aquário de fugazes tons de azul e de carmim. Em Moscou, eu naturalmente retaliava, levava-os para restaurantes modernistas do mercado negro, especializados em carne, e dali para cassinos tradicionalistas do mercado negro. O garçom de smoking servia-nos *chartreuse* verde e eu brindava em homenagem ao trigésimo aniversário de Zóia, erguia meu cálice sob esferas de lantejoulas e bolas espelhadas rodopiantes.

Ao vê-los juntos, era impossível não ficar chocado com aquele assediante problema — o problema com a Revolução e com todos os sonhos utópicos, inclusive os seus: a desigualdade humana. Espero ter deixado claro que sempre me comoveu muito o aspecto físico de meu irmão. "Um *rosto* rosto", como nossa mãe sempre dizia, embora no passado fosse um rosto iluminado pelo sorriso e pelos suaves olhos azuis. E rendamos homenagem a Zóia, não acha, Vênus?, por sua indiferença às normas e às cotas da convenção romântica — e tudo isso. Mas existe uma coisa chamada força da vida. E o contraste era algo que parecia saído de um conto de fadas ou de uma história infantil rimada ou de uma piada num cartão-postal de balneário.

João Bolão não usava sabão. E havia Zóia, aparentemente um metro mais alta, bamboleando para um lado e para outro (era Moscou) enquanto ria, cantava, fazia imitações, transbordava. Naqueles comedouros abafadiços em Kazan, Liev criou um tremendo caso em virtude da conta, franziu as sobrancelhas com força e farejou com ar astuto um pedacinho de papel que dizia *quatro jantares*, se tanto, e instigou Zóia a travar um tenso colóquio acerca do número de moedas sem peso algum que deviam ser colocadas no pires. De todo modo, para cada caloria de bom humor despendida, Zóia sempre compensava... Ele ainda usava o cabelo aparado bem rente, ao estilo da prisão. Nos velhos tempos, lá no campo, eu gostava de alisar seu cabelo para trás, até a nuca — fazia a ponta de meus dedos emitirem um zunido. Agora, quando certa vez me aventurei a tocá-los, a penugem desbotada estava úmida e achatada, e havia perdido o poder de transmitir qualquer formigamento. Ele puxou a cabeça para trás e enfiou outro cigarro na boca pregueada.

Ao longo daqueles anos, houve outras mudanças: adendos relevantes à panóplia de atrativos do meu irmão. Uma dobra de enxúndia, que pendia bastante para baixo, como um prolapso ou como um cinto de dinheiro de confecção moderna, entre o umbigo e a virilha; uma faixa de calva, perfeitamente circular, semelhante a um pequeno gorro de camurça cor-de-rosa; e, mais misteriosamente, um invariável arco de transpiração, da largura de uma fita de chapéu, que corria de uma têmpora a outra. Todos os três desdobramentos pareciam estranhamente uniformes e padronizados num sujeitinho tão assimétrico. Sobretudo a calva. Certa vez, ao me levantar de súbito e olhar para baixo em sua direção, acreditei ver uma boca aberta, toda ela uma língua, orlada por uma barba e um bigode encharcado de suor.

Os monótonos e rabugentos apartes de Liev sobre meu apartamento, minhas roupas, meu carro (e, durante uma experiência nunca repetida, sobre meu crupiê) eram agora como um ronco no quarto ao lado. Ele não me desprezava, não creio, por tomar alguns centavos do Estado. Desprezava meu apetite. Eu tinha iniciativa; e todos os russos detestam isso; mas havia mais uma camada. Numa das cartas dela para Kitty, Zóia mencionava em tom neutro o fato de o círculo de Liev nos arredores de Kazan, tal como estava, ser formado integralmente por idosos fracassados. Se eu e Liev estivéssemos nos dando melhor, eu poderia lhe dizer que ele estava sentindo o mesmo que muitos outros sentiam; em suma, submetia-se a uma emoção genérica. Muitos outros que estiveram fora também detestavam dinheiro. Porque dinheiro era liberdade, era até liberdade política, e eles haviam deixado de querer acreditar na liberdade. Era melhor que ninguém tivesse — dinheiro, liberdade.

Eu completava as frases para ele, agora, quando gaguejava. Assim você também teria feito. Não ia acabar nunca se a gente não completasse. Além do mais, sempre sabíamos exatamente aonde suas frases iam. E ele não ligava. Tinha parado de ligar porque tinha parado de lutar. Liev tinha se rendido, de modo incondicional, e sua gagueira dominava completamente o território; um par de cruzados no queixo e depois ela pulava sobre seu peito e o estrangulava no silêncio. Agora, quando Liev inclinava a cabeça bem para trás, nesse ou naquele refeitório para indigentes em Kazan, não era para dar seguimento à guerra civil contra o eu — pôr tudo sob pressão. Era em relutante submissão aos pedidos de Zóia que ele comia um legume. Para trás ia a cabeça: para baixo ia o naco de beterraba enegrecida ou de pepino absolutamente silencioso. E tinha-se a sensação de que ele não estava mais lutando contra aquilo — estava alimentando aquilo. Certa noite, após tomar uma boa quantidade de vodca, contou-me que tinha parado de ler. Falou não de modo natural, mas em tom provocador.

— Se é ruim, eu não gosto — continuou, em voz mais suave. — E se é bom, eu *detesto*.

As garotas eram mais contidas, mas Liev e eu entornávamos as proporções tradicionais de vodca. Estávamos ambos sujeitos ao centenário ímpeto da embriaguez russa. E pode causar-lhe surpresa saber que éramos também bons bêbados, nós dois: amenos, razoavelmente discretos, sem propensão, no geral, para brigar ou chorar. Era comum chegar um momento, mais ou menos no meio da terceira garrafa, em que os olhos dele encontravam os meus e quase admitiam, de ponta a ponta, o perdão. Talvez fosse apenas o não surgimento da próxima onda de dor. Ele não chamava atenção como bebedor. Isso, reconheço, seria difícil de fazer. Mas chamava atenção como fumante. Agora, fumar (assim como beber) aplaca a angústia. Portanto tente não fumar na Rússia e veja o que acontece. Mas Liev? Ele comia com um cigarro na mão, a mesma mão que segurava uma faca. E quando jogava a guimba fora, o movimento era apenas um passo no caminho para acender outro cigarro. Fazia isso o dia inteiro. Zóia dizia que ele fumava até quando se barbeava.

Certa vez, quando Liev inalou com sua veemência costumeira, me veio uma idéia que deu comichão em minhas axilas. A idéia era esta: dentes loucos. Aqueles dentes bonitos de Liev, conquanto prodigamente manchados, ainda tinham um aspecto muito sadio. Mas os ângulos tinham sido reorganizados. Eles não se erguiam de frente; inclinavam-se e debruçavam-se, entrecruzavam-se. E às vezes via-se aquilo ser levado muito mais longe por dentes rematadamente loucos, os dentes repuxados e torcidos por forças tectônicas profundas abaixo da crosta.

E eu? Acho que eu teria me saído bem, não fosse a dança.

Aconteceu três vezes. Exatamente a mesma coisa aconteceu... Zóia era supersticiosamente atraída pelo gramofone no meu apartamento e o rondava furtivamente, o espreitava. Três vezes, pediu com ar culpado um jazz americano. Ela ouviu, fazendo que sim com a cabeça, depois com um giro da cabeça baixou o copo ruidosamente sobre a mesa e estendeu a mão recurvada com elegância na direção do marido. “Não danço mais”, podia-se contar que Liev fosse dizer. “E não pode.” Portanto dancei com Zóia — o exploratório bamboleio russo. Não sei até que ponto ela dançava bem; o certo é que aquilo a deixou alucinadamente feliz, cada centímetro de Zóia, tanto que me senti envolvido e até comprometido pelo brilho do seu sorriso voraz. Porém mesmo a um braço de distância era como manejar um feijão pulador do tamanho de uma mulher. Havia nela uma oposição, algo como um contrapeso num poço de elevador, mas medonhamente desalinhado.

Aconteceu três vezes: três vezes ela sumiu de vista e lá estava ela a meus pés, estirada sobre as costas e se sacudindo em risadas silenciosas, os olhos cerrados e as mãos no coração. Na última vez (e entramos numa fase de últimas vezes), seu vestido de verão, resistindo à velocidade de sua queda, rodou e subiu acima da cintura... E não foi só o choque erótico, o poder de suas coxas de duas toneladas nas meias compridas, a intrincada mecânica e a atenção aos detalhes em todas aquelas combinações, e prendedores e ligas. Era o descontrole, a risada muda, os olhos que não enxergavam, as duas mãos cruzadas sobre o coração, era o descontrole.

— Foi a última vez — disse Liev, quando a pus de pé.

Falei antes, creio, sobre a frieza que está sempre acessível ao irmão mais velho. Era essa frieza que eu agora procurava. O que fazemos de fato é dar a nós mesmos certa distância, preparando-nos para a desgraça. E — Deus me ajude — eu tinha um plano.

Claro, nunca perguntei a Liev se ele ainda escrevia poesia. Se estivesse vivo e presente, Vadim teria lhe perguntado isso. Alguém que o detestasse teria perguntado isso. Como você, Vênus, poderia dizer: pense na Polegarzinha.

Antes de se libertar nas asas do pássaro curado, antes de se redimir nas mãos do minúsculo Rei Flor, a pequenina Polegarzinha, você deve se lembrar, chega bem perto de casar com a toupeira. Casar com o insetívoro de olhos velados e passar o resto da vida na escuridão.

Você se casaria com uma toupeira?, perguntei.

— Claro! — você respondeu com fervor.

Claro! Não tenho preconceitos! Você tinha seis anos. Um mês depois, a Polegarzinha apareceu outra vez, como é comum acontecer com os temas infantis, e repeti a pergunta. Você ficou calada, confusa: foi seu primeiro dilema. Ponderou a realidade do casamento com a toupeira. Agora queria evitá-lo. Mas como, sem magoar os sentimentos da toupeira? "Isso me magoou." Meninas são muitos rápidas quando se trata de evocar essa frase. O único menino que conheci bem — ele *jamais* a usou. As meninas entendem que seus sentimentos também têm direitos... O que aconteceu com você, a propósito, no intervalo daquelas quatro ou cinco semanas? Alguma misteriosa ascensão ou promoção. Se estivessem produzindo um filme sobre a sua vida, saberiam então que um novo penteado ou sapatos de salto alto não iam adiantar: tinha chegado a hora de contratar uma atriz mais velha.

Numa fase posterior da vida, você casou com a toupeira, por um tempo, quando se juntou com aquele Nigel. Quando ele caminhava a seu lado, eu dizia, ele parecia seu guarda-chuva quebrado. Depois dele, notei, você se limitou aos reis das flores, com exceção de um ocasional porco-espinho ou fuinha.

Mas vamos supor que Polegarzinha casou com a toupeira. E vamos examinar o caso do ponto de vista da toupeira. Os dois vivem juntos debaixo da terra, numa umidade e numa escuridão irrespiráveis. A pequenina beldade é uma esposa dedicada. Mesmo assim, a toupeira, que não pode deixar de ser meio cega, e não pode deixar de odiar as flores e a luz do sol, sente a frustração de Polegarzinha — Polegarzinha, que nasceu de uma tulipa. Não está na índole da toupeira pedir que ela vá embora. Assim reconstrói sua gruta mais semelhante a um túmulo, mais escura, mais úmida, e deseja que Polegarzinha vá embora.

3. O túnel de Salang

E ela foi embora, em 29 de outubro de 1962.

Um dia depois de estourar a crise de Cuba. E isso criou uma perspectiva falsa. Zóia deixou Liev: não era o fim do mundo. Não para mim, de todo modo. Houve uma causa imediata? A própria Kitty, que foi até lá e interrogou tenazmente a mãe de Zóia, jamais conseguiu esclarecer os detalhes, embora alegasse sentir no ar os vestígios de um escândalo... Soubemos que Zóia voltara para seu emprego na escola. Lecionar teatro. E soubemos que foi sumariamente demitida. Estava em Petersbsurgo, onde a velha Ester pretendia unir-se a ela. Liev estava ainda em seu meio casebre perto de Kazan.

Eu não o vi durante quase um ano. Mas ele escreveu. Eis o que aconteceu com Liev.

Em minha primeira carta, dei uma sugestão prática. Eu me ofereci para comprar para ele o seu certificado de reabilitação, assim como eu havia comprado o meu alguns anos antes (e assim como eu compraria, em breve, a minha carteira do partido). Ele aceitou e aproveitou para pedir um empréstimo volumoso, anexando um cronograma de pagamento que incluía cálculos de juros. Ao examinar o cronograma, com suas percentagens, seus laboriosos decimais, senti um espanto cavernoso. Vamos dizer assim, por enquanto. O irmão mais velho que havia em mim estava, é claro, em regozijo por Zóia ter ido embora. O que me incomodava era a reação de Liev: um cronograma de reembolso que se projetava longe, bem longe no futuro. Por que aquilo *não era* o fim do mundo?

Naquele mês de outubro, ele conseguiu um emprego num projeto de construção de mina em Tiumen, logo do outro lado dos montes Urais, depois de Iekatierinburg. No Natal, mandou-me uma foto de uma loura sardenta e de óculos, de pé num corredor iluminado por lâmpadas compridas, com as mãos nas costas. Era a garota de vinte e três anos que Liev encontrara no dispensário dos operários: a pequena Lídia. Quero mencionar que em sua carta-disfarce meu irmão admitiu certo orgulho reacionário por Lídia ser — ou ter sido — virgem. Ao olhar de novo para a fotografia, fui obrigado a reconhecer que não fiquei de todo surpreso. Concluí serenamente, também, que eu não tinha interesse em virgens. Naturalmente, não tinha mesmo. O que eu ia fazer com uma virgem? O que encontraríamos para conversar a noite inteira?

No ano seguinte, em fevereiro, ele foi promovido e ela ficou grávida. Só que Liev ainda era um homem casado e o divórcio não era mais tão fácil como antes. O divórcio fora muito fácil, de fato. Não era nem preciso sujeitar-se à lengalenga exigida por nossos confrades muçulmanos, que se divorciam dizendo três vezes: "Eu me divorcio de você". Na União Soviética, bastava dizê-lo uma vez, num cartão-postal. Mas agora, por razões de que tratarei mais adiante, as duas partes eram obrigadas a comparecer a uma audiência na Justiça. Eu não conseguia entender por que Zóia se recusou a cooperar, nem Kitty conseguia entender também. Liev achou prudente ir a Petersburgo. Assim que disse a ela que Lídia estava, como dizem os hispânicos, *embarazada* (escrevi direito?), Zóia consentiu; e então foi apenas burocracia.

Eu fui o padrinho do casamento, em agosto. Meu irmão parecia muito mais magro (para meu espanto, uma parte de seus cabelos tinha voltado a crescer), os respeitosos pais de Lídia pareciam enfim apaziguados e tudo correu às mil maravilhas, levando em conta que Lídia, como Kitty definiu, estava "fora de si". Lídia era alta e magra, com pernas em forma de macarrão — outra Kitty, outra Chile. Achei que ela era tudo o que podia haver de mais distante de Zóia, o que é outro modo de dizer que não parecia muito feminina, mesmo quando ingressou no terceiro trimestre de gravidez. O bebê já a diminuía. Ela era como o cordão do embrulho. Um filho de sete quilos, Artiom, foi devidamente parido em novembro.

Zóia permaneceu por um tempo em Petersburgo, com a mãe. Envolveu-se com o famoso Teatro de Marionetes da cidade, fazia roupas, pintava cenários. Quando o Teatro de Marionetes abriu uma filial em Moscou, Zóia fez parte da equipe que veio cuidar do empreendimento. Numa carta comprida a Kitty, ansiosa para mostrar sua dedicação ao serviço, contou que sua intenção agora era "voltar à vida do coração". Ela e a mãe obtiveram de volta sua antiga moradia. Assim, mais uma vez, Zóia recebia visitas no sótão em forma de cone.

Kitty foi visitá-la, claro. Eu não. Não voltei ao velho bairro e não fiquei parado embaixo de sua janela. Não fiquei lá debaixo de sol e chuva tentando interpretar os movimentos das sombras no teto do seu quarto de dormir. Algo mais tinha de acontecer antes. Algo que poderia demorar muito tempo.

Nikita Serguéievitch caiu. Leonid Ilitch subiu.* O Degelo, depois a Pequena Geada e depois a Estagnação.

* Leonid Ilitch é Brejniev, governante da União Soviética entre 1964 e 1982.

* * *

Minha vida amorosa, como continuarei a chamá-la, deu uma súbita guinada. Eu estava envelhecendo. As crupiês estavam envelhecendo. Não eram crupiês de verdade — embora em meus sonhos recorrentes sobre Varvara (a última da fila) ela estivesse debruçada sobre uma mesa de roleta coalhada de fichas de aposta e seu pequeno rodo toda hora se transformava num pequeno binóculo de teatro... É duro arrancar um sorriso de uma garota que conhecemos nos bons tempos, depois que ela passa dos quarenta. Seus pensamentos são todos solenes. Arrisquei com algumas mais jovens; porém com elas eu sempre tinha a impressão de que havia pegado o trem errado ou a barca errada, que os outros passageiros tinham bilhetes e itinerários diferentes do meu, carimbos diferentes, vistos diferentes. E todo o ambiente do mercado negro perdeu boa parte de seu gás depois que veio a lei de 1961, que deu aos criminosos da economia algo novo para se preocuparem: a pena de morte. Assim, eu me aposentei, em parte, e me integrei à minha geração, ingressando numa série de relacionamentos mais tenazes, mais complicados e (sem dúvida) muito mais baratos com as filhas da Revolução, divorciadas, viúvas de veteranos, ex-prisioneiras, ex-exiladas, todas sem pai, todas sem irmãos. Em 1969, numa viagem de trabalho à Hungria, conheci Jocelyn, com quem eu mais ou menos coabitei, com idas e vindas, até os acontecimentos de 1982 — o túnel de Salang e o que se seguiu.

Em 69, eu havia encontrado meu campo de trabalho. Robótica, mas não ainda suas aplicações na medicina. Para ter acesso a bens de padrão internacional, era preciso mexer com o espaço ou com armamento. O espaço estava sobrecarregado de candidatos, portanto parti para os armamentos. Lançadores giratórios para armas nucleares. Isso mesmo, minha filha: preparativos para a Terceira Guerra Mundial. A Terceira Guerra Mundial nunca se tornou a Terceira Guerra Mundial, o que é muito bom. Em meu estado de ânimo atual, pouco notável por sua tolerância, eu não gostaria de fazer isto — censurar-me pela Terceira Guerra Mundial.

Eu tinha o meu carro Zigli com motorista particular. Fazia compras nas galerias subterrâneas onde se usavam moedas estrangeiras. Não muitas vezes, mais ou menos uma vez por ano, eu empilhava umas camisas de seda, cachecóis de seda, meias de seda, e perfumes, cremes e elixires, e ruges, realces para os olhos e sombreadores, e enviava tudo sem nenhum bilhete para a moradora do sótão em forma de cone.

Você precisa saber uma coisa a respeito de Jocelyn. O traço principal de sua personalidade era a melancolia — melancolia melodramática. Muito triste em Budapeste, em Moscou ela era uma suicida. Levava a melancolia junto consigo, talvez na bolsa, um emaranhado de bordados puídos, preto e sem fundo; ou talvez a melancolia preferisse se esconder em seu cabelo (outro emaranhado). A obsessão de Jocelyn era a transitoriedade. Ah, sim: a mudança e a decadência em tudo o que ela via à sua volta. O que ela temia era o vazio. Ir dormir era para Jocelyn um tormento existencial; se ela ia dormir cedo, era preciso ligar um rádio ou um gramofone, e ela queria a luz acesa e a porta aberta. O motivo de tudo isso, éramos levados a compreender, estava na sensibilidade elevada imposta pela inteligência excepcional. Quanto mais inteligente era a pessoa, mais deprimida tinha de ficar. Ela poderia ser o protagonista masculino num dos mais desagradáveis romances de Dostoiévski. E ela era inglesa. O marido, que logo se separou, era o número dois na embaixada inglesa em Budapeste. Jocelyn Patience Harris era um desmazelo e uma piada, bem como uma encrenqueira de força mítica. Havia diversas razões para a atração. A principal delas era o esnobismo.

Ela era também basicamente bonita, e rica, e culta, a seu modo. Nunca ia a parte alguma sem suas quatro ou cinco antologias, ou florilégios, de poesia da época georgiana, encadernadas em couro. Esses livros nós líamos juntos. Num idioma novo, claro, a última coisa que se aprende é o gosto; e durante anos tentei impressionar todo mundo com minha maratona de memorizações de pessoas como Lascelles Abercrombie e John Drinkwater. No mesmo estágio, minha noção de frase coloquial em inglês era algo que continha diversas expressões como "na hora agá" e "na ponta do lápis". Conhece a expressão "um anglófilo nojento"? Foi o que me tornei. E era mesmo nojento. Às vezes, eu me surpreendia sendo nojento — os tweeds e as sarjas que ela importava para mim, e um banquinho dobrável em forma de bengala. Também a antipatia e o terrível pedantismo. Você mesma conheceu uma pitada disso quando tive aquele ataque de riso que se prolongou de forma alarmante, e você chamou de palhaçada: eu tinha acabado de esbarrar com a expressão "ele teve o descaramento de tirar minha fotografia" em *Lolita*. Contudo, eu diria que a anglofilia não é irracional. Pela seguinte razão. Veja, Vênus, a literatura russa é por vezes vista como a nossa recompensa por uma história horrível. Tão forte, tão real, crescida em tal húmus de sangue e excremento. Mas o exemplo inglês demonstra que a literatura não ganha legitimidade com o horrível. Ao pretender dominar o mundo, o romance inglês tem de olhar com aflição para os franceses, os americanos e, sim, para os russos. Mas a poesia inglesa não se submete ao nosso julgamento. E, eu afirmo, não é à toa que se tem tal história — e um corpo de poemas que não teme ninguém. Ter essa política e essa poesia.

Jocelyn, a alta sacerdotisa do efêmero e da infertilidade, perdia a paciência, como que diante de uma irrelevância enfatizada, quando alguém lembrava que ela tinha cinco filhas crescidas e vinte e três netos (cada um deles recebia um cartão e um tolo brinquedo russo no dia do aniversário). O intercurso sexual, da mesma forma, ela encarava como o auge da frivolidade, mas muitas vezes baixava a guarda. E havia também a constante surpresa da animação de sua presença. Por alguma razão, seus amantes antigos, inclusive o marido, não despertavam em mim a menor hostilidade. Para ser franco, e portanto descortês, eu não conseguia ver o que eles enxergavam nela: já eram todos ingleses. Minha vida interior, de todo modo, tornou-se cada vez mais anglofônica. Isso também fazia parte do plano, mas era além do mais um recurso e tanto. Quando Pasternak foi silenciado como escritor, voltou-se para a tradução — de Shakespeare, entre outros. Sei o que ele queria dizer quando falou que assim se achava em comunhão "com o Ocidente, com a terra histórica, com o rosto do mundo". Jocelyn vestia-se de preto, mas o preto era o que ela temia. Eu lidava com cores mais biliosas — marrons, verdes.

Meu sobrinho Artiom ainda se escondia de Jocelyn quando tinha já dez ou onze anos. Então, uma ou duas horas mais tarde, ele se esgueirava até a sala de estar, olhava bem e depois avançava palmo a palmo para se apresentar. E não era um menino tímido para o resto... Isso não me impedia de levá-la até lá durante uma semana, todo verão. Liev e Lídia logo se aclimataram. Afinal, não era fora do comum, em meu país, que alguém ficasse o jantar inteiro com o rosto nas mãos; não era fora do comum que alguém procurasse a posição fetal durante todo o tempo de um piquenique. Ela pareceria bastante comum se não fosse uma mulher inglesa que podia ir embora a qualquer momento que quisesse. Além disso, Jocelyn falava a mesma dose de russo que uma aristocrata do século XIX (talvez uma dúzia de palavras), portanto ninguém exceto eu tinha de ouvi-la. E eu gostava de ouvi-la.

Liev e eu nos aproximamos de novo. Ah, aquelas modulações suavizantes: imagine uma vida inteira narrada em modulações suavizantes... Liev e eu nos aproximamos de novo. Ficávamos sentados até tarde na cozinha, bebendo e fumando. Havia diversos sinais de um bem-estar ao menos parcial. A excelência do seu jogo de xadrez era um deles (para mim, conquistar um empate era como conseguir subir numa balsa num mar turbulento). A gagueira era outro: ele, mais uma vez, se lançara ao combate. E já não houve aquela nítida impressão de cometer uma indelicadeza quando, certa noite, levantei a questão da poesia. Eu não estava desinteressado. Ainda havia algo que eu precisava muito saber.

As coisas que ela lê, falei tranqüilo, referindo-me a Jocelyn (ainda se podia ouvir o rádio dela, no quarto ao lado, onde eu e ela dormíamos), são *terríveis*.

— Terríveis como?

Expliquei — pastorais sentimentais, a época de prata. Contei-lhe sobre Wilfred Owen, um poeta da Primeira Guerra que começava assim. Tinha uma expressão: "alambicados raios de sol".

Era assim que todos os livros dela deviam se chamar, falei, "Alambicados raios de sol: um florilégio da poesia da época georgiana". Não sei o que ela vê naquilo.

— Alguma coisa, é de supor. O que já é melhor do que nada. E nada é o que eu vejo nisso. Para mim, está tudo morto agora. Você ainda gosta porque jamais quis escrever isto. Poesia.

Esperei.

Ele disse:

— E eu pensava, com Mandelchtam, que era esta a medida de um homem, de uma mulher: como reagem à poesia. Com Mandelchtam. Agora soa antiquado. Mas talvez eu ainda acredite. E vou lhe dizer quem mais acredita: Artiom.

Agora com quinze anos, Artiom dormia vastamente no andar de cima, como um potro, num quarto do tamanho de Artiom, infestado de faixas e fitinhas condecorativas.

— Eu sei. Ainda não consigo superar isso. Ter, de algum jeito, produzido uma criatura magnífica. E ele conhece a sua Akhmátova.

Por um momento permitiu-se um sorriso privado. Em seguida, aprumou-se na cadeira e disse:

— Quando estávamos fora, eu ainda fazia alguma coisa. Escrevia poemas na cabeça. Foi assim até 56.

Ficou imóvel. Nossos olhos se encontraram.

Cinqüenta e seis, falei. A Casa de Encontros.

— Ah, não se *preocupe* — disse ele. — Não agora, não ainda. Mas antes de eu morrer, você *vai saber*.

Nesse ponto, Lídia entrou, bocejando e embolada em seu camisolão tubular; e então entrou Jocelyn, implacavelmente insone, e de preto. Ocorreu-me que aquelas duas mulheres eram o ferrenho oposto de Zóia, Lídia na esfera física, Jocelyn na espiritual. Se as três juntas fossem colocadas num quarto, ocorreria um evento do tipo $E=mc^2$, como acontece quando a antimatéria se encontra com a matéria.

Liev, concluí, estava cindido em linhas desse mesmo tipo. Estava tudo bem agora, ou quase, em sua cabeça, mas seu corpo não estava muito bem. Tinha o olhar irritado, vermelho, dos pacientes crônicos. Por um tempo, toda vez que precisava superar um acesso de tosse, saía do cômodo onde estava; um pouco mais tarde, saía da casa. Na meia-idade, estava ficando com "asma de estresse". Aqueles ataques o lançavam num outro tipo de combate. A cabeça ia para trás. Conseguia inspirar, mas não conseguia expirar. Tentava. Não conseguia pôr o ar para fora. Não conseguia pôr para fora.

— Pare de olhar para mim desse jeito.

De que jeito?

— Do jeito que os médicos me olham.

Bem, Deus me ajude, eu tinha um plano.

Esse período de calma burguesa, de progresso, de poesia e mobilidade ascendente, de nenhum estupro nem assassinato, está prestes a se encerrar. Portanto deixe-me colocar você em dia.

Na virada da década, testemunhamos uma série de desdobramentos, como se (agora parece) todos estivessem tomando posição, a postos para novembro de 1982. Liev ficou hospitalizado por algumas semanas. Queriam monitorar seu coração, ao mesmo tempo que o encharcavam de salbutamol, o novo remédio contra asma. Cada vez mais crítica daquilo que ela chamava de "meu comedimento ovino", Jocelyn voltou à Inglaterra, para uma visita. Em sua última carta, em si um documento notavelmente ensolarado, disse que não era o vazio, mas a sua visão do que havia lá dentro, que a estava deixando deprimida: era a Rússia. E ela não ia voltar. Meu sobrinho Artiom passou o Natal de 1980 dentro de um bombardeiro estratosférico, a caminho do Afeganistão e da guerra contra os mujahedin. Fazia parte do destacamento de comunicações e ia ficar bem atrás da linha de frente. Natal, um aniversário sem nenhum significado para muçulmanos e comunistas. E Zóia — Zóia fez uma coisa estranha.

Notícias sobre ela sempre me chegavam, com um lampejo, sob o prisma da minha irmã. As duas se encontravam mais ou menos uma vez por mês, e quando Kitty me transmitia seu relatório tomava ares de uma assistente social submetida a grande pressão quando descreve um caso especialmente obstinado. Por outro lado, ela estava sujeita, como dizia, a repentinos extravasamentos físicos; durante minutos sem fim, ela perdia sua forma esbelta, sua magreza, e se expandia em possibilidades... Recorrendo muitas vezes às aspas, Kitty me informou, por exemplo, que Zóia tinha "se apaixonado por 'um coreógrafo excelente'", que Zóia tinha ficado "fascinada por 'um figurinista maravilhoso'". Ao longo dos anos, seus namorados pareciam declinar tanto em calibre como na hierarquia do teatro. Preparei-me para a época do contra-regra maravilhoso, do cambista maravilhoso, e assim por diante. Porém, à medida que a década velha se transformava em uma nova, duas coisas aconteceram, e Zóia mudou. Fez cinqüenta e três anos e foi ao enterro da mãe na mesma semana. E Zóia mudou. No início de 1981, ela disse a Kitty, muito calmamente, que havia aceitado uma proposta de casamento.

Vá em frente, falei. Com quem?

Kitty fez uma pausa, prolongando seu poder. Em seguida, falou:

— Ananias.

Não. Pensei que ele tivesse morrido.

— Ananias! Como vamos contar isso ao Liev?

Só um nome: Ananias. Agora, um colaborador eventual da filial de Moscou do Teatro de Marionetes, Ananias tinha sido um dramaturgo famoso. *Os trapaceiros*, a peça que fez sua reputação (havia também contos e romances), apareceu em meados da década de 1930. Passava-se num campo de trabalho correcional e tratava de um grupo de urkas amenamente irresponsáveis. No início da década de 1950, a peça foi ressuscitada e depois reescrita por ele para o cinema, com grande sucesso, e com um título diferente — *Os malandros*. Ananias tinha oitenta e um anos.

E Kitty? É melhor darmos Kitty por encerrada, pois daqui para a frente vamos vê-la muito pouco. Não, ela nunca encontrou um verdadeiro amor. A paixão não foi forte, mas levou-a à sua incurável fixação num homem casado. Fazia muito que ele já havia parado de prometer que ia sair de casa. Mais tarde, além de tudo, ela se tornou amiga da esposa do sujeito e virou uma espécie de tia do filho único deles. Conto isso só para mostrar que as pessoas, em toda parte, podem criar suas próprias armadilhas, suas próprias prisões. Nem sempre é necessária a orquestração do Estado.

Nessa época, depois de Jocelyn, eu tinha um romance repousante com uma das intérpretes do Ministério da Defesa. Repousante porque a tímida Tamara ainda estava de luto por seu marido de vinte e cinco anos (e a sua história anterior tinha sido um caso-relâmpago). Embora seu inglês coloquial fosse apenas mediano, o inglês técnico era de primeira, e eu precisava disso. Tamara era também ligeiramente maluca, mas com uma tendência para a direção oposta, e mais sonhadora do que louca furiosa. Sua obsessão era a sua datcha — o chalé de praia reformado no Sul da Ucrânia, às margens do mar Negro. Prometeu me levar lá na primavera. Quando eu ia dormir, ela me falava em cochichos penugentos. Naquele simples chalé, nós iríamos morar, nadaríamos nus de manhã nas águas azul-turquesa e caminharíamos durante horas pela areia, sob o confete das borboletas brancas. Eu adoro mesmo nadar, é verdade, dar minhas braçadas e depois ficar boiando e largado, sem apoio, sem vínculos...

No dia 3 de novembro de 1982, junto com outras centenas de pessoas, russas e afegãs, Artiom morreu no túnel de Salang na estrada que segue de Kabul para o norte. O túnel de Salang, o mais alto do mundo, que atravessa o Hindu Kuch, era uma construção soviética (de 1963) e portanto era, e continua a ser, uma armadilha em quatro dimensões, em trezentos e sessenta graus, mesmo em tempos de paz. O comboio de Artiom, depois de remover os detritos de uma avalanche, rumava para o norte. Outro comboio, a três quilômetros de distância, na outra ponta, depois de remover os detritos de outra avalanche, rumava para o sul. Houve talvez uma colisão; houve certamente uma explosão. Contaram-nos que "morreram várias dúzias", mas o número provavelmente chegou perto de mil. Não foi a explosão que os matou. Foi a fumaça. Porque as autoridades russas acreditavam, erradamente, que o comboio de Artiom estava sendo atacado pelos mujahedin. Então fecharam o túnel de Salang nas duas extremidades. E afinal para que fazer isso? Cega, enlouquecida, sufocada, tateante, aflitiva, convulsiva — e lenta. Uma morte total, uma morte *profunda* para Artiom.

Cheguei à casa um dia depois do telegrama. Todas as persianas estavam baixadas. Você pode se perguntar como tive a pachorra para fazer uma coisa dessa, mas pensei em Wilfred Owen: "E todo vagaroso crepúsculo, um baixar de persianas". Ele retratava uma residência desapropriada (ou uma série quase infinita de residências) na "triste quadra" — outubro de 1917. A persiana abaixada era um reconhecimento e uma espécie de sinal. Mas os traumatizados precisam de escuro. A luz é vida e é intolerável para eles — assim como as vozes, o pio dos pássaros, o som de passos resolutos. E eles mesmos são fantasmas, procuram uma clemente atmosfera de fantasmas, que propicie a visita de outros fantasmas, ou de um fantasma em particular.

Durante o tempo que consegui suportar, fiquei sentado com

eles no escuro. Dez minutos. No hotel da estação, a água do banheiro saía preta. E isso não me surpreendeu em nada, nem me inquietou. De que cor haveria de ser? Olhei no espelho e senti que eu podia simplesmente remover aquilo, o meu rosto. Haveria fivelas por trás das orelhas, assim o rosto ia sair... Eu telefonava várias vezes com o intervalo de algumas horas. Eu ia até lá. E toda vez voltava ao chegar à porta — era como abrir caminho dentro da água, vindo do fundo, e agarrar com esforço o primeiro sorvo de ar.

Ele me disse isto. Foi tudo o que disse. Ele disse:

— O pior é a pena que sinto dele.

Lídia, agora, estava sempre no andar de cima, no quarto.

Falei com voz suave: O que ela está fazendo lá em cima?

— Tão jovem, e com tanto medo. Está cheirando as roupas dele...

As persianas — elas nunca mais subiram. Na terceira manhã, Liev disse que, na medida em que conseguia localizar o seu ser físico, parecia estar sofrendo de vertigem. Foi internado na enfermaria em Tiumen e transferido naquela tarde para o hospital em Iekatierinburg. Afastando-me para longe de Lídia, o médico me disse que nunca vira um paciente reagir tão debilmente a tamanha quantidade de remédios. Chamou de "falência em cascata": órgão após órgão parava de funcionar. Meu irmão jazia imóvel e calado no leito elevado, mas estava também em movimento rápido. Rodopiava em volta da minha cabeça. Desaparecia no meio de um redemoinho.

E consciente o tempo todo. Seus olhos giravam de um rosto para o outro — Lídia, Kitty, eu. Seus olhos eram os olhos de um homem que teme ter esquecido alguma coisa. Então lembrou. Disse-nos adeus, a cada um. Pareceu examinar bem o meu rosto. Não me desmascare, pensei. Não conte.

— Afinal, não é? — disse ele. E depois as palavras: — Por favor.

Liev morreu no mesmo dia em que Leonid Ilitch morreu — 10 de novembro. No mesmo dia em que morreu o homem que mandou Artiom entrar no túnel de Salang.

4. A casa mal-afamada

Ela morava, Vênus, numa casa mal-afamada... Espere. Que tal um intervalo decente? Não, nós já *tivemos* um intervalo decente. Durou vinte anos. É claro, eu podia dizer a mim mesmo, enquanto caminhava pelas ruas da capital, que eu era um mensageiro, portador de notícias fúnebres, como o melhor dos irmãos — o melhor dos irmãos. Mas não fiz isso. Eu tinha um plano. E ela morava, Vênus, numa casa mal-afamada.

Era a mansão que servia de ponto de referência no aterro, ombros retos que se elevavam, o peito medalhado projetado para a frente, como que de vigia à beira do rio Moscou: gótica neoclássica e violentamente ampla. Quando eu a chamo de infame, e é o que faço, emprego a palavra num outro sentido, e não como sinônimo de *famigerado*. Foi construída logo depois da guerra, a casa da nomenclatura triunfante; e ainda continha muitos veneráveis e satisfeitos assassinos em massa — taciturnos amnésicos com aposentadorias do Estado. Os residentes eram agora mais diversificados, porém entrei, preenchi a ficha e esperei que antes que o guarda me chamasse eu pudesse cruzar com um Kaganovitch aqui, um Molotov ali.* Entrei no elevador de madeira, que bamboleava em suas roldanas. Quando subiu, a velha engenhoca começou a guinchar, como se os cabos com seu desfalescente contrapeso fossem um instrumento de tortura da altura de oito andares. A plataforma engaiolada estava sendo içada para dentro da casa da infâmia.

Eu tinha andado pela cidade desde o hotel Rossia, onde dei uma olhada panorâmica na praça Vermelha. Dezessete de novembro de 1982 e Leonid Ilitch estava sendo levado para o seu repouso. Nos funerais de Iossif Vissariónovitch, em 1953, a cidade inteira ficou em polvorosa — uivos humanos, buzinas de carros e caminhões, apitos das fábricas, sirenes. Em toda a sua história, Vênus, a Rússia nunca esteve mais louca do que nesse dia. Centenas, talvez milhares, foram pisoteados ou esmagados (e não só em Moscou). Minha irmã estava lá. Cadáveres, disse ela, rolavam como barris pela ribanceira que dava na praça Trúbnaia e iam parar num lago de sangue. Até Pasternak, até Sakharov sentiram pânico. Uma presença ofensivamente vasta havia desaparecido; uma ausência ofensivamente vasta tomara o seu lugar. No vácuo, todos acreditaram a sério que a Rússia iria... iria o quê? Que a Rússia deixaria de existir. Só os judeus estavam contentes. Só os judeus e os escravos... Não a dor, não o apocalipse, para Leonid Ilitch. Não um excesso de seres humanos, mas sim, em vez disso, uma carência constrangedora. No mesmo dia, vieram de ônibus e de trem pessoas para o velório,

* Lazar Kaganovitch e Viatcheslav Molotov pertenceram ao círculo central do poder de meados dos anos 1920 até meados dos anos 1950. Os dois foram atores importantes nas duas grandes ondas de terror, 1931–33 (no campo) e 1937–38 (em cidades e aldeias). Esta é a última nota de rodapé. E o leitor talvez queira resposta para uma pergunta, em vista do que está para vir. Eu o perdôo? No fim, sim, perdôo. Só não o perdôo por não ter deixado que eu o levasse de carro até o aeroporto. Esse foi O'Hare. Pelo menos mais uma hora.

trazidas de distantes fazendas e fábricas. Vestiam-se de preto. Os pretos das mulheres puídos e folgados. Os pretos dos homens luzidios de tão usados. Caminhei por uma cidade de Jocelyns e de agentes funerários. Eu também usava uma gravata preta por baixo do meu cachecol preto de seda e do meu sobretudo de caxemira.

Esses últimos itens, entreguei-os à criada de uniforme. Em seguida, virei-me. Zóia estava de pé junto a uma mesa redonda, apoiada sobre ela nas pontas dos dedos protegidos por luvas. Também vestia luto: um vestido preto, meias pretas e sapatos, e um véu de malha fina preso à aba do chapéu de seda.

— Cleópatra — disse ela com voz soturna — teve a idéia certa. — Fitou-me com ar de reflexão: minhas sobrancelhas franzidas, minha gravata de tricô. — Ela matava o mensageiro, se lhe trouxesse más notícias, é claro. Muito adequado. Mas às vezes ela matava o mensageiro antes de ele falar qualquer coisa. Eu devia matar você agora. Kitty me contou sobre Artiom. Mas agora não é sobre ele, não é? É sobre o pai dele. O seu irmão. Meu primeiro marido.

E ela oscilou para a frente e me engoliu. Minha intenção, o que quer que acontecesse, era levar uma carga de impressões sensoriais, lembranças futuras de olfato e de tato. E os homens russos são experientes em confortar mulheres russas que perderam um ente querido. Sabem que o abraço vai durar muito tempo e que certa licença está em vigor. Parece permitido tocar os flancos do tórax superior; e quando você murmura "Já passou, já passou", também se refere à pendência a respeito do outro... Zóia chorou com todo o seu corpo. Deixei seu hálito quente em meu ouvido, enquanto ela soluçava, arquejava e engasgava, e seu véu foi ficando molhado junto à minha bochecha. O véu — malha sombria para os olhos, o nariz, a boca; quando ela se aprumou e recuou, o véu colou-se ao seu rosto, e não só com as lágrimas, mas com outros fluidos. Ela ergueu uma mão negra e apontou com a outra.

Na sala de estar, uma das três janelas chumbadas estava aberta para a manhã. Quando me aproximei da oscilante barreira de vidro, captei um odor doce, sinistramente doce; vinha, eu sabia, da Fábrica de Chocolate Outubro Vermelho, do lado oposto, porém me trouxe à memória o cheiro de humanidade no degelo do Ártico. Abruptamente, o uniforme da criada passou por mim e ela fechou a janela com uma leve exclamação de surpresa. Como, perguntou ela, eu queria o meu café? Recusei. Eu tinha receio até do mais leve aumento de agitação. Você deve tomar nota disto. Não posso falar sobre a perda de uma criança. Mas a perda de quase qualquer outra pessoa é uma espécie de tóxico. O meu caso era raro e medonho, estou de acordo, mas desconfio que o revigoramento é universal. Somos chamados, no fim das contas, a registrar o maior de todos os contrastes concebíveis. E eu estava muito vivo. Não se preocupe. A conta, na bandeja de prata, será apresentada mais tarde. Seus pagamentos são feitos no crediário — aquilo que os ingleses, de forma artística, mas sem verdade, chamavam antigamente de *nunca-nunca*. Como eu disse, você tem de tomar nota destes pensamentos sobre a perda de um ente querido, Vênus. Você, que está em vias de sofrer uma perda.

Eu estava em meu quarto cigarro quando ela apareceu outra vez. O véu agora estava levantado, preso por um grampo ao chapéu... Em reuniões, após longos intervalos, mulheres lindas fazem isto, eu descobri — elas andam de lado em nossa direção, com o rosto voltado para baixo, de viés, espiando de dentro, não das ruínas, mas de dentro do museu daquilo que foram um dia, agora que seus troféus estão guardados atrás de um vidro. Zóia, sua própria curadora. E tudo estava lá, é claro, apesar da sua coloração de penumbra e de rubor, e da sua carne auto-hidratante: as fissuras sedosas da testa, as bolsas pisadas abaixo das órbitas, os entalhes no lábio superior e os vincos extras de dor que todos os russos têm, realçando a pressão da mandíbula. Vista de frente, sua figura parecia ter conservado seus contornos e sua silhueta, mas quando se virava era como se (para persistir na metáfora infantil) uma ilha de recifes do Caribe tivesse desatracado e boiado à deriva até o golfo do Panamá.

— O terno dele — disse Zóia. — Os sapatos dele! Senti seu sobretudo durante cinco minutos inteiros. Eu não me restringi.

E você, falei. O seu cabelo...

— Ainda está preto. É porque tinjo esta droga uma vez por semana. Ah, estou grisalha. Como Voltaire. É terrível a gente se apresentar diante do passado. Eu queria que todos os meus velhos amigos ficassem *cegos*. Eu... — Reclinou a cabeça e fez cara de quem está ouvindo. Falou: — Ele está chegando. Está chegando. Vai ficar só um instante. Quer dar os pêsames.

E ele chegou, através das portas duplas... Até 1960, mais ou menos, era possível em Moscou e Petersburgo ver Ananias em cartazes e anúncios. Sentado a uma mesa, o queixo na palma da mão, a mecha de cabelo castanho tombada, o beicinho irônico e decidido, o ar de direitos boêmios adquiridos. E agora? É a sina de uma significativa fração de mulheres velhas e pequenas transformar-se em homens velhos e pequenos: velhos pequenos de calções e camisola. Não se vê com muita freqüência o processo inverso, mas ali estava Ananias, um saco velho e pequeno dentro de um terno e gravata. Uma pequena baranga velha em meias presas com ligas e sapatos pretos. Até os ombros, duros e puxados para trás, eram femininos. Ele também tinha a vivacidade que, nas senhoras idosas, alguns dizem admirar. Só nas sobrancelhas agrestes viam-se os fardos e os cálculos do macho.

Zóia nos apresentou. E você vai pensar que estou inventando, mas não estou. O aperto de mão dele era tão nojento que de pronto resolvi abraçá-lo e até beijá-lo, na hora da despedida, em vez de apertar aquela mão outra vez. Quente e úmida, a carne parecia prestes a soltar-se, a desfazer-se. Era como segurar uma luva de borracha lubrificada, meio cheia de água morna.

Nessa altura Zóia pediu desculpas e prometeu ao marido, que olhava aflito, voltar logo.

Ananias instalou-se em sua poltrona, dizendo:

— Você deve ter tido um vôo sobressaltado por cima das montanhas.

Falei: Montanhas? Não. Mal se pode chamar aquilo de montanha.

— Ah, mas os bolsões de ar, a pressão baixa. A gente sente isso lá porque...

Enquanto conversávamos, eu me vi em pleno processo de compreender algo a respeito de Ananias: podia-se fazer uma estimativa bastante exata. No ano anterior eu tinha visto uma reapresentação do filme que fizeram com base em sua peça, *Os malandros*. Procurei também uma coletânea de seus contos, publicada em 1937. Esse livro me surpreendeu e me inquietou imensamente. No aspecto exterior, seus contos seguiam o padrão social-realista: digamos, as vicissitudes de uma fábrica de ferro-gusa ou de uma fazenda coletiva, que desaguavam numa declaração reforçada da "linha geral". A anomalia estava nisto: Ananias tinha talento. Um nível elevado e coerente de percepção ainda continuava vivo e em movimento. A prosa vivia. E quando a gente chegava aos trechos em que ele tinha de aplicar as fórmulas e a devoção — quase dava para ver as teclas da máquina de escrever agarradas à força e coladas umas às outras, como um punhado de dentes pretos, finos e bambos dentro de uma boca. Na década de 1930, um escritor de talento que não estivesse na prisão tinha só dois futuros possíveis: o silêncio ou a colaboração, seguida pelo suicídio. Só os sem-talento podiam colaborar e permanecer sãos. Assim, Ananias era uma criatura raríssima. Em minutos, pude sentir a força do seu desgosto mental acumulado, tão impossível de se ignorar quanto o toque da sua mão ou o cheiro do seu hálito. O seu hálito, como o ar acima de Predposilov.

Ela parecia estar sempre indo e vindo, e agora estava vindo outra vez (o pescoço ereto, assim como o modo de andar, de quem está com arreios). Ananias olhou para ela como se quisesse ir embora e falou com sua voz sem peso:

— Eu me compadeço de você em seu infortúnio. E o rapaz. Horrível. Horrível! Só uma criança — disse ele, balançando a cabeça para si. — Esta guerra está agindo em nós como um veneno. As cifras ainda não são enormes. Mas os jovens que são mortos não têm irmãos, não têm irmãs. Suas famílias são destruídas de um só golpe. Nossa sociedade inteira chora por causa dessa guerra.

Fez uma pausa e seu queixo afundou no peito. Quando seu olhar ergueu-se de novo, via-se que até o vidro dos olhos envelhece, sulcado por riscos e asperezas. Falou:

— Sou tão velho quanto o século. Mais velho! 1899! — Sua cabeça deu um solavanco. — E o seu irmão ainda era um jovem. Como ele era, meu caro? Igual a você, não é? Mais novo. Só uma criança. E abandonar a vida desse jeito. Na idade *dele*! Inteiramente incomum. *Inteiramente* incomum.

Ananias ficou quieto com as mãos no colo, os dedos entrecruzados. As mãos — como elas podiam suportar o toque uma da outra? Por que não se separavam com um safanão? E senti uma piedade abstrata pelo grão de poeira que talvez tivesse sido agarrado ali dentro, no torpe bivalve formado por suas mãos unidas. A resposta que dei foi destemidamente suave, mas já havia ficado claro que não haveria um segundo aperto de mão a evitar ou a sobreviver.

Falei: Creio que sabe que Liev passou dez anos num campo.

— Não havia outro modo, entende? Homens livres não fariam aquele trabalho, garimpar o ouro nas minas, o urânio, o níquel, todas as coisas de que a nação precisava para a sua sobrevivência.

Foi depois da guerra, falei. Fomos para lá depois da guerra.

— A instituição ficou estagnada. Como acontece com as instituições. Mas tudo isso aconteceu há muito tempo. E olhe para você. Fez as pazes com o Estado. E se saiu *muito* bem nisso, meus parabéns. Não fez tanto mal a você, fez?

Esperei. Olhei para Zóia, aguardando um olhar de advertência. Mas sua cabeça estava abaixada. Parecia-me que todos os russos estavam sempre fazendo a mesma coisa. Estávamos sempre lutando para sair de uma insânia de amargura. Por ora, limitei-me a dizer que a realidade dos campos não era como a que ele optara por descrever.

— Optar? Optar? Eu não optei. Você não optou. *Ela* não optou! *Ninguém optou.*

E eu disse. Eu disse: Você optou. E sabe quem é que você parece? Parece os homens e as mulheres no campo, homens e mulheres que não são homens e mulheres. Isso foi tirado deles. Mas você. Você fez isso sozinho.

O tempo passou. Então ele estalou as mãos contra os braços de couro da sua poltrona e tentou levantar-se. Numa voz que de repente soou perdida e infantil, falou:

— Ah, por que as pessoas acham que podem voltar e incomodar todo mundo? Acham que podem simplesmente voltar. E causar tanta dor com essas feridas antigas.

Zóia ajudou-o a se levantar. Fez um aceno de cabeça para mim e um gesto apaziguador, e conduziu Ananias para a porta, deixando-me com a idéia onerosa de que ela estava saindo para cuidar da velha Ester.

Passei esse segundo intervalo dando uma volta pela sala; e pareceu que todos os enfeites e as bugigangas, todas as cornijas e os arabescos, tinham sido potencializados, quando não diretamente financiados pelo riso de perdão que Ananias provocara, um riso do tamanho da nação, com seus bandidos patifes, cambaleando só um pouco em seu caminho rumo à redenção. Em *Os trapaceiros* (1935), os fascistas, os presos políticos, eram francamente demoníacos; em *Os malandros* (1952), os presos políticos eram demoníacos — e semitas: éramos todos Fagins ou Shylocks, éramos todos Judas. Num canto, havia um pequeno sacrário para outros notáveis sucessos de Ananias — fotos autografadas, taças e medalhas, o diploma que atestava sua condição de Herói do Trabalho Socialista... Também refleti sobre o fracasso de Zóia: seu fracasso de viver pelo coração. Eu mesmo sabia como isso era um projeto desalentador, com as minhas viúvas, os meus órfãos, as abandonadas de meia-idade e os bebês trocados na maternidade, os ratinhos brancos e os porquinhos-da-índia que ainda rastejavam pelo laboratório abandonado, muito depois de a experiência estar encerrada. E agora apenas esperavam viver as suas vidas.

Ela entrou de novo. Judia, sussurrei. E "Ananias" também não era judeu? Ah, o que há de errado na Rússia a respeito dos judeus?... Ela fechou as portas duplas e recostou-se com as mãos espalmadas na madeira de teca. Então moveu-se para a frente com algo que parecia o desmazelo cômico do seu antigo modo de andar e, quando se deixou cair no sofá, seus pés por um momento se desprenderam do assoalho antes de voltarem ao lugar, enquanto dava um tapinha no sofá, para eu ir sentar ao seu lado.

— Ele é bom.

Dava para sentir seu suspiro através do sofá.

Ela disse:

— Temos uns cinco minutos. Então ele vai começar. Foi bondade sua ter vindo, mas é triste ver você. E é triste ser vista. Por que está aqui? Deve ter uma razão. Pelo que conheço de você.

Respondi que tinha duas. Duas perguntas.

— Comece.

Perguntei o que aconteceu na Casa de Encontros.

— Na casa...? — Em sua testa, muitas linhazinhas conspiraram antes que ela dissesse: — Ah. Naquela época. Por que pergunta? Não aconteceu nada. Quero dizer, o que acha que aconteceu? Foi delicioso. — Ao ver minha surpresa, e surpresa com isso, falou: — Suponho que tenha sido até demais, em certo sentido. Lágrimas demais, palavras demais. Assim como o óbvio.

Então pedi desculpas adiantadas por minha pressa descortês, acrescentando sem muita verdade que certos planos que eu tinha eram inadiáveis. Falei que estava indo embora: Estados Unidos. Onde ficaria rico e livre. Falei que pensara nela mil vezes por dia durante trinta e seis anos. Aqui e agora, falei, ela era uma delícia para os meus sentidos.

Portanto a segunda pergunta é esta: Você virá comigo?

Lá estava outra vez: o cheiro doce. Mas agora todas as janelas estavam fechadas. E naquele momento, enquanto o sangue subia por dentro da minha garganta, meus dois ouvidos se entupiram num soluço, e quando ela respondeu foi como ouvir um telefonema de longa distância, com pausas, chiados, eco.

— Estados Unidos? Não. Estou comovida, mas não. E se quer que eu simplesmente deixe um beijo de despedida em tudo o que tenho aqui e me coloque de novo em risco, na minha idade, está muito enganado... Estados Unidos. Faz meses que estive na rua. Faz meses que fui ao *térreo*. Estou muito embriagada. Não dá para ver?

Eu teria continuado, mas Ananias chamou por ela e Zóia disse:

— Estou tão acabada. De todo modo. Não *você*. Nunca você. Ele. Ele.

Todos os bares e bistrôs estavam fechados para o almoço, em sinal de respeito. Respeito pelo homem mais condecorado na história da Rússia, respeito pelo líder idoso que, em suas aparições públicas, durante pelo menos cinco anos, babava-se todo. Num passo resistente, cruzei a Grande Ponte de Pedra, com passadas que ecoavam. Você deve estar estranhando o meu tom, Vênus, estranhando o meu modo de andar, os meus passos que faziam eco...

Paguei e consegui entrar num dos clubes que eu costumava freqüentar nos meus tempos do mercado negro. Mais gente do Partido agora, pelo visto, bem como a multidão de costume formada por oportunistas e aproveitadores. Peguei um banco junto ao balcão do bar e pedi uma taça de champanhe. O televisor, erguido numa parede de bebidas alcoólicas, exibia sem som os funerais estatais. E parecia a costumeira obra-prima do tédio — até que uma coisa aconteceu. Algo que silenciou a sala e em seguida a fez explodir num fogo cruzado de uivos de lobo e vaias. Os soldados da guarda de honra estavam prestes a fechar o caixão; a viúva de Leonid Ilitch, Viktória, tomou um fôlego profundo e parou. Em seguida, cometeu um ato criminoso. Fez o sinal-da-cruz. Só havia um ser humano em meu país que podia ter feito isso sem represálias: ela. Fez o sinal-da-cruz sobre o imperador morto dos sem-deus.

E eu acaso tinha esperanças de ressurreição, de ressurreição no último instante? Preciso dizer que tinha; e não, no meu caso, sem alguma razão. Eu estava de saída da casa mal-afamada — e não foi uma saída boa, Vênus. Zóia destrancou a porta alta, eu a ultrapassei e virei-me, com o cachecol e o sobretudo nos braços. Ela me ofereceu sua mão de cetim negro, com os nós dos dedos para cima. Que eu não segurei. Ananias a chamava pelo nome. Esse foi o acompanhamento para as minhas palavras de despedida: os gritos de Ananias, cada vez menos freqüentes, porém cada vez mais desesperados.

Falei num tom de voz elevado que ela não poderia estar vivendo com menos honra do que vivia naquele momento. Levando em conta o que havia acontecido com Liev. E comigo e com outros vinte milhões. Havia mais, havia demais, nessa linha. Então veio o momento em que me referi ao seu marido, com uma aspereza nitidamente supérflua, e o chamei de uma velha sapatona rançosa. Zóia fez um meneio com o ombro. Esperei que batesse a porta na minha cara. Mas não fez isso; seu corpo mudou de idéia e ela deu um passo à frente, inclinou-se para mim e beijou meu lábio inferior, segurando-o entre os dentes durante um segundo e olhando em meus olhos.

Aquilo era um teste.

Agora você deve acreditar com quanta paixão, com que tumulto, eu desejei que aquilo fosse o final e que ela jamais tivesse ido ao meu quarto no hotel Rossia.

5. Sangue no gelo

Uma das coisas que eu adorava na sua mãe era o nome. O nome, claro, é muito bonito em si mesmo, mas era também, eu creio, uma evocação da forma da vida dela, com suas ressurreições cíclicas: a infância de trabalhadora rural, as gaiolas de Nova Orleans, o primeiro casamento por conveniência, os anos na fábrica, o tempo que passou com o seu pai, ela sobreviveu e superou tudo isso. E depois você, a chegada tardia, o "açafrão outonal". E depois o tempo que viveu comigo. Mas eu, eu não tinha o poder de me erguer das cinzas. Quando conheci sua mãe, eu estava ameaçado nas fontes mais profundas do meu ser. Sua mãe me ajudou a atravessar isso — ou a contornar isso. Mas eu não podia fazer o que o pássaro de fogo faz e reerguer-me em chamas.

Você ficou aflita, de forma impressionante e desoladora, quando lhe contei, pouco após a morte dela, que o nosso casamento foi casto. Você tinha dezessete anos. Eu devia ter ficado de boca fechada. Se ela não lhe contou, por que eu precisava contar? Minha imprevidência, eu gostaria de alegar, era resultado da minha euforia grosseira: foi o dia em que você resolveu não ir embora para morar com sua tia, seu tio e os primos, como nós mais ou menos havíamos planejado, mas ficar comigo. A sensação de que Fênix, em seu derradeiro vôo, continuou imperfeitamente realizada: foi isso o que magoou você. Tudo o que posso fazer é repetir, com toda a audácia possível, que sua mãe não queria saber de namoricos, beijinhos, apertos, afagos.

E se isso ainda magoa você, Vênus, então agora pelo menos você vai entender.

Quando abri a porta para ela, senti-me como uma criança que se crê perdida numa rua fervilhante de gente e então vê de repente a silhueta que resolve tudo, aquele indispensável deslocamento de ar.

Vestia um casaco louro de pele sobre um dos ombros. E uma bolsa de plástico transparente segura contra o peito: botas de borracha. Olhei para baixo e vi seus sapatos de salto alto, vermelhos sangue-de-boi, e as faixas molhadas nas canelas de suas meias. Seu rosto turco estava pálido como uma camada de gesso — a natureza exterior. Veio-me à memória o ungüento de iogurte em que Varvara, minha derradeira crupiê, se enterrava todas as noites, já no final; aquilo mudava a cor dos seus dentes — do miolo da amêndoa para a fibrosa casca da amêndoa.

Zóia entrou bamboleando, atirando suas coisas (inclusive, eu via então, um chapéu de pêlo do tipo David Crockett) em uma cadeira de braços que ficava a uma distância considerável. Perguntei o que gostaria de tomar — vodca, champanhe, talvez um conhaque para aquecer? Recusou com um meneio das mãos de quem enxota alguma coisa.

— Eu disse para eles que você é meu marido — falou. Em seguida cravou os punhos nos quadris e inclinou-se para a frente, como uma garota em idade escolar que lança um xingamento para o outro lado do pátio de recreio. — Não pense que mudei de opinião. Não vou a parte alguma com você... mas eu *vou* mudar de vida.

A sala tinha uma mesa de jantar: quatro assentos cilíndricos de palha, uma bandeja de prata circular com copos, uma garrafa de água mineral, uma jarra de cerveja inglesa. Ali ela se instalou. Com unhas impacientes, já exasperadas, pegou o celofane de um maço de cigarros e segurou-o bem perto dos olhos.

Você está sóbria, falei.

— Sóbria. — O banco baixo gemeu sob seu peso. — E também estou sozinha, por enquanto. Minha única amiga é a criada. Ele está na clínica para o check-up. Cuidam dele um pedaço de cada vez. E quem morre são *todos* os outros... Você tem razão. Eu me odeio. Eu me odeio. E quero pedir desculpas a você. Se você foi sincero, então peço desculpas. Aposto que você acha que é um ótimo partido, em comparação com ele. Mas olhe para você. Olhe para os seus olhos. Você não é bonito. E eu não tenho escolha: preciso ficar com os bonzinhos. Aaah, sei que você achou um jeito de me torturar. E no fim das contas você é o *irmão* de Liev. Mais uma vez, lamento muito, parceiro. Não há muito aqui para você, infelizmente. E se Kitty voltasse, eu iria vê-la. Preciso falar sobre Liev. Você poderia me escutar durante uma hora? Depois a gente pode se despedir como irmão e irmã.

Nesse ponto, você pode ficar surpresa ao saber, meu coração estava que nem uma colméia de abelhas, e meus ouvidos, de novo, ficaram cerradamente entupidos; as duas coisas iam passar. As palavras dela, agora, fazem todo sentido para mim. Mas na hora não faziam sentido nenhum. Zóia disse que precisava falar, mas eu estava me aquecendo na certeza de que tinha vindo ao meu apartamento com um propósito completamente distinto. No máximo, ela poderia ter um ou dois escrúpulos, dos quais gostaria de se livrar com a minha ajuda. Assim como eu a ajudaria a tirar a roupa. A decisão, imaginei, já tinha sido tomada. Naquela manhã. No dia anterior. E a decisão acarretava outra decisão. Porque tudo iria parecer muito diferente para ela depois de uma noite em minhas mãos.

Eu estava, é claro, preparado para um longuíssimo interlúdio de volubilidade. Servindo-me pequenas doses do uísque lodacento e turfoso, eu escutava e olhava. Ela vestia um terninho justo, de uso diário, cinza-carvão, e uma blusa azul, lisa, de corte bem masculino. Eram três da tarde. Através da janela de trás podia-se ver o crepúsculo que se avolumava acima da praça Vermelha — a praça Vermelha e o delírio asiático do Kremlin. O banco de palha gemia debaixo do peso de Zóia, que se mexia.

O tempo que Zóia viveu com Liev, contou-me então, antes de ele ir embora, foi "como um universo novo", porque ela havia afinal encontrado alguém "exatamente como eu". Alguém que não se refreava. Em questões do coração, "ele sempre dizia que eu era um caso perdido. Muito, muito, total demais". Mas o que ele ainda não sabia era que mesmo nos ardores mais ferozes e nas rendições mais insensatas, ela *ainda* estava se refreando. "Quero dizer, fisicamente também", explicitava Zóia, com um aceno afirmativo da cabeça. Com Liev, ela não se refreava. E meu irmão (isso ficou claro) mostrou-se à altura disso... Portanto, Liev, o amante "de choque", o stakhanovita do sexo, com suas cem toneladas de carvão. Recebi isso com absoluta tranqüilidade. Uma premonição do que viria a seguir estava engendrando o seu gêmeo dentro de mim; mas a Liev eu perdoava. Ele pertencia aos mortos. Ele foi perdoado. E os vivos? Em todos os meus pensamentos sobre Zóia, nunca olhei nada além do primeiro ato. E agora o primeiro ato estava pelo menos garantido. Assim, olhei e vi.

— Quando ele voltou, as coisas no geral estavam muito difíceis. Como você sabe. E ele fazia certo alarde da sua tristeza. Mas quando ficávamos só nós dois, sozinhos, ainda era maravilhoso. Ele se admirava de ver como eu conseguia levantar da cama de manhã e ir para o trabalho, mas para mim era como combustível... Sabe, Liev chorava enquanto dormia. Não toda noite. Era sempre o mesmo sonho, ele dizia. Algo que tinha acontecido no campo. Ele não queria falar sobre o assunto, mas eu o pressionei. Ele disse que não parava de sonhar com o guarda que não tinha mãos. Sem mãos. Como se as tivessem simplesmente cortado na Arábia. Indescritível. Mas por que isso faz alguém chorar. E de um jeito tão infeliz?

E por um instante ela mesma chorou, em silêncio; seus olhos derramaram, cada um, uma lágrima. Retomou a história, dizendo:

— Mais cinco anos. Ainda não entendo o que aconteceu. Quer dizer, entendo e não entendo. No último verão, ele ficou muito arredio. Não andava bem, fisicamente, eu acho. Me dava as costas. De noite, me dava as costas. E as palavras. Elas também se foram. Tudo se foi. Então fiz uma coisa burra. Durante todo o tempo em que ele ficou longe, nunca olhei para outro homem. Não foi voluntário. Meus olhos simplesmente não olhavam. Eu era ele e ele era eu. E quando Liev me deu as costas, fiquei muito confusa. Na verdade, me desesperei. Se eu fosse uma camponesa numa onda de fome, teria voado em cima de tudo quanto era camundongo, frutinhas do mato, insetos. Eu pensaria em canibalismo *na mesma hora*... Havia um jovem professor, um colega. E um completo brutamontes, depois descobri. Eu não conseguia nem manter segredo da história. A escola inteira ficou sabendo. Então acabou. Achei que não podia ser assim. Às vezes existe... o perdão. Mas estava encerrado. E aí ele emprenhou aquela puta lá em Iekatierinburg.

Lá vêm eles de novo, pensei vagamente: os brutamontes e as putas. Lá vêm eles. Falei: ela não era uma puta.

— Claro que não era uma puta. É só um jeito de falar. Seja como for. E depois disso, meu Deus. Um homem depois do outro depois do outro depois do outro.

Algo na sala tinha começado a mudar. Era o que se chama de momento nodal — um momento em que as linhas do tempo se bifurcam e se ramificam. Durante a última meia hora, eu me havia aclimatado à sobrancelha cor de neve de Zóia, ao seu hábito de sacudir a cabeça como se quisesse se esquivar de uma mosca muito corpulenta, à maneira como espremia as mãos entre os joelhos a fim de as controlar ou apenas para saber onde é que elas estavam. À sua palidez: a carne tinha o brilho entorpecido de um chocolate branco — mas com a promessa de outras tonalidades dentro dele, amarelo, bege, marrom, rosa. Então, numa só pulsação, o corpo de Zóia imobilizou-se e toda a sua cor voltou. Toda a sua penumbra e o seu rubor. Ficou de pé. Olhou para o chão e disse numa voz que tinha ficado uma oitava mais baixa:

— Minhas roupas estão muito apertadas. Onde fica o banheiro?

No quarto de dormir, falei, uma porta de correr.

E mesmo quando seus quadris passaram por mim zunindo, fiquei contemplando, com um rubor de sangue todo meu, o enorme projeto que jazia à minha frente. Havia um ímpeto gigantomaníaco na avaliação de suas dimensões; eu poderia estar olhando para uma planta do canal do mar Branco ou da ferrovia Transártica. E que empreendimento era aquele? O passado de Zóia — os homens de Zóia. Não Liev, mas todos os outros. Até chegar ao fim da linha, que era Ananias. Ah, que obra tínhamos à nossa frente, que prodígios de reparação, e de categorização, que ajustes de contas e que manifestos, que negações, que cancelamentos....

— Isso é patético, mas acho que preciso de um médico.

Virei-me. Ela estava parada na porta, sem paletó, descalça, a cor mais refrescada pela leve camada de suor. A saia estava aberta na cintura: um triângulo invertido de branco contra o fundo cinza-carvão... Durante algum tempo, talvez desde o início, eu estive, de forma intermitente, consciente de uma deriva, ou de uma divisão dentro de mim; e quando me levantei da cadeira tive a sensação de que estava saindo de uma outra personalidade, de um outro eu, que continuou sentado junto à mesa.

Mas saí da cadeira dizendo não não não não não, isso vai passar, vai passar, você só, é isso mesmo, pronto (você está *em chamas*), é isso, já entendi, vamos parar com isso agora, boa menina, levante um pé, e agora o outro, pronto, já foi, pronto. Pronto pronto. Pronto pronto.

Ela ficou parada na minha frente, um fantasma que se alçava numa anágua branca.

— Sai da frente. Sai fora. Fora! Só os lençóis — disse ela. E enfiou-se no meio deles.

À mesa de jantar, bebi um copo de uísque e fumei um cigarro. Fiz uma ligação para a telefonista do hotel. Quando voltei para a porta, vi que ela havia jogado a colcha para o lado e estava deitada com o braço direito embaixo do travesseiro. Uma perna estava esticada, a outra bem dobrada. Uma dançarina na hora do salto, congelada em pleno ar.

Muitas vezes no passado, como todos os homens russos, eu me vi cortejando uma mulher que, segundo qualquer critério, estava inapelavelmente embriagada. Portanto nenhuma falsa delicadeza poderia me impedir de cortejar uma mulher em crise de abstinência. Primeiro, livrei-me de algumas roupas, atingindo paridade com a minha visita; depois uni-me a ela. Não seria verdade dizer que ela estava cochilando. Em comum com a maioria de meus compatriotas, eu sabia um pouco sobre *delirium tremens*. Aquilo era um dos comas superficiais que normalmente precedem a recuperação; Zóia cooperava profundamente com o sono, entregava-se a ele, respirava esfomeada e tinha o rosto liso.

Devem existir muito poucas mulheres que, num primeiro relacionamento, exultam com um amante inconsciente. E talvez não existam muitos homens tampouco; mas isso tem o seu eleitorado. Por ora, aquilo se prestava com exatidão aos meus propósitos. Ela estava deitada de lado, a cara virada para a parede; então ela fez um leve movimento para a frente e se pôs reta, com um meio giro do quadril.

Então teve início o inventário. Cada escápula, cada protuberância da sua coluna, cada costela. Depois da porção exata de tempo, ela se virou de costas. A frente e o verso. Veja, eu tinha necessidade de saber o que os homens tinham feito a cada parte do seu corpo. Eu tinha necessidade de saber a história, toda a fábula picaresca, dos dois peitos, das duas nádegas, daquelas pernas que haviam aberto, daqueles lábios que haviam beijado e chupado. E eu até pensava que nós dois teríamos de viver durante muito tempo. Teríamos de viver vidas muito longas, Zóia e eu, a fim de completar nossa obra.

O seu sutiã sem alças, ou bustiê, que eu já tomara a liberdade de soltar, eu o eliminei então por baixo da combinação. E também, mediante um zeloso manejo da minha patela esquerda, subjuguei suas coxas, que afinal se separaram com negligência, o que fez a bainha da anágua subir devagar rumo ao branco mais branco.

Foi então, enquanto eu continuava a arquejar e a procurar o caminho, que Zóia começou a se mexer. Tremores localizados, que nasciam nas panturrilhas ou nos antebraços, deslizavam pelas placas do seu corpo. Um som débil exalava dela, nasal, um gemido suave; era uma cadelinha trêmula de excitação dentro do seu cesto, enxotando gatos e carros. Dentro de mim, reinava a atmosfera de um dia muito quente no meio do inverno: calor, gratidão, uma consciência retardada do anormal.

Comecei a beijar seus lábios. Já tínhamos feito isso antes, afinal. Eu a tinha beijado. Ela havia me beijado. Agora nos beijamos de novo.

E ela emergiu das profundezas, de uma hora para outra, seus braços que apertavam, sua língua que inundava minha boca, o solavanco da pressão de sua virilha. Pensei, com um sussurro de pânico: uma noite não vai ser o bastante. Para tamanha enchente — uma noite, um ano, não vai nem começar a conter isso.

— Ah, fode, sim — disse ela.

Portanto, Vênus, tive muitos segundos disso. Tive muitos segundos disso. E então ela abriu os olhos. E acordou.

Suponho que o melhor que você pode dizer a respeito do que se seguiu seja isto: tecnicamente falando, não foi um estupro desde a sua fonte. E foi muito rápido. Zóia abriu os olhos e viu, a poucos centímetros, uma fraude horrível: era eu, Delirium Tremens. Ela tivera um sonho mau, depois um sonho bom, depois a fraude horrível. Agora Zóia tinha a realidade, e a forma trancada embaixo de mim na mesma hora deu lugar a uma luta furiosa. Mas eu lembrei como se fazia. Veja, lembrei como se fazia: a palma pesada da mão em cima das vias aéreas, enquanto a outra mão... A certa altura, a luta de Zóia cessou e ela fingiu estar morta. Foi muito rápido.

Para entendê-la, nesse derradeiro segmento do tempo, por favor subtraia de seus pensamentos qualquer acusação de teatralidade. Sua atitude nem era direcionada; não conduzia a nenhum sentido. Ela estava estranha. Era o que ela estava.

Mas primeiro me foi dado ficar ali deitado, olhar para a outra parede, ouvir Zóia no banheiro, ouvir como ela esbarrava em tudo, com as torneiras abertas até o fim, ouvir como ela empurrava com um safanão a cortina do chuveiro, o estalar brutal da tampa da privada e a descarga repetida. A porta abriu; e pude ouvir os sons familiares a qualquer homem, quando sua esposa ou amante, num estado de serena segurança (enrolada numa toalha, talvez), apanha e arruma suas roupas. Em seguida, o regato da porta de correr. Vênus, o orgasmo masculino, o clímax masculino: só um estuprador sabe como isso é insignificante. Vesti-me e fui atrás dela.

Zóia estava parada na sombra junto à poltrona onde repousavam o seu casaco, o seu chapéu, as suas botas de borracha. Usava meias e bustiê, e mais nada — um ar senhorial, mas inocente de todo cálculo e pose. Na mão erguida, segurava a saia e estava molhando um dedo a fim de retirar algum fio ou cisco de sua superfície. Enquanto ela se vestia metodicamente, e depois sentava, as costas eretas, a fim de cuidar da maquiagem, eu andava à sua volta esfregando as mãos. Sim, tentei de fato falar; de vez em quando eu grunhia meia frase de ignomínia ou de súplica. Uma ou duas vezes seus olhos calharam de passar por mim, sem recriminação, sem interesse, sem reconhecimento. Tudo o que saía dela, a intervalos de mais ou menos dez segundos, era o som de uma cusparada, sem ênfase, mas enlouquecedoramente pontual. Como quando uma criança descobre que pode fazer uma coisa diferente com a boca — prender o fôlego, explodir os lábios.

Um sentimento novo nascia em mim. De início, parecia pelo menos vagamente familiar e, eu supunha, praticamente manejável — nada mais, talvez, do que um modo completamente novo de estar muito enfermo. Sentei-me à mesa, sob a luz, e examinei-o, esse nascimento. Era a invisibilidade. Era a dor da pessoa anterior.

Inteiramente vestida — casaco, chapéu —, ela saiu das sombras. Ficou parada de perfil, à distância de um braço. Passou um minuto. Eu podia ver que ela ponderava alguma coisa, algo sério; e pude ver que eu não figurava em seus pensamentos. Pegou um dos copos compridos e entornou a água que estava dentro dele. Em seguida, serviu-se da jarra atarracada — dez, doze centímetros — e bebeu tudo em várias goladas. Zóia estremeceu até a ponta dos dedos, cuspiu, bufou, cuspiu de novo e seguiu para a porta.

Agora o agravo. Vá célere ao dicionário — boa menina. Lembre-se: toda consulta acrescenta uma célula cinzenta.

Dez dias depois, eu estava em Chicago. A exemplo de qualquer pessoa que tivesse trabalhado com armamentos do Estado, eu era um "desertor categoria A" — nada de mais; porém tive certo trabalho para abrir um canal para a minha irmã, e só em março recebi alguma notícia de casa.

Sua carta foi redigida às pressas, disse Kitty, por que o meu mensageiro estava sentado na sala e olhava para ela enquanto escrevia... Deu-me esmaecidas congratulações pelo êxito de minha viagem. Disse que Lídia estava deixando a casinha — mudava-se para a casa dos pais. Havia diversos "bens" de Liev que seriam transferidos para mim, por aquela mesma via, assim que chegassem de Tiumen. Kitty escreveu que ela também estava pensando em mudar de endereço: ia morar, pagando aluguel, no apartamento de dois quartos de seu amante. Não parecia uma boa idéia, ela sabia, mas Kitty ainda tinha esperança de ser mais isolado, agora, do que antes.

Quanto à minha outra cunhada, minha cunhada em certa época, havia, infelizmente, "notícias graves". Kitty disse que, durante meses, todos os seus bilhetes ficaram sem resposta. Seus telefonemas eram, sinistramente, atendidos por uma "máquina" e não eram retornados. Ela chegou a ir ao aterro e através de uma fenda na porta trocou um cochicho de um minuto com a criada, que disse que a patroa estava "mal", "indisposta". Kitty não soube de nada, até ver no jornal — um parágrafo isolado no pé de uma página. Na noite de 1º de fevereiro de 1983, a esposa de cinqüenta e seis anos do estimado dramaturgo Ananias atirou-se da Grande Ponte de Pedra. Houve sangue no gelo do rio Moscou.

Distraída como sempre, Zóia deixou algumas peças de roupa nos meus aposentos do hotel Rossia. A anágua pregueada e a calcinha rasgada, eu achei na lixeira do banheiro. As botas de borracha, em sua transparente bolsa de plástico, fui encontrar no chão da sala. Portanto eu estava obrigado a imaginá-la, naquela noite, instável sobre os pés no rinque de ferro da capital. Zóia não tinha muita firmeza nas pernas (bem longe de uma cabra montesa), porque quando criança, se você lembra, ela jamais aprendeu a engatinhar.

PARTE IV

1. Do monte Schweinsteiger para Iekatierinburg: 4, 5, 6 de setembro de 2004

E lá vêm eles, os cães selvagens.

São oito, não, nove, vira-latas de diversas extrações, diversos tamanhos, uns peludos, outros de pêlo curto, e todos eles, como todos os cães em toda parte, descendentes de lobos. Movem-se *devagar*, voltados para várias direções, em forma de leque, contra o bafo do beco, de modo que qualquer cheiro pode ser captado, comunicado aos demais. Ah, como seus focinhos adoram os cheiros. E há tempo também para se acocorar e soltar um jato, deitar-se sobre um monte de lixo. Os dois sexos estão representados: são os brutamontes e as putas. Uma está grávida, pesada — grande por causa dos filhotinhos selvagens de Predposilov. Ela vem atrás dos outros, sob uma pequena escolta. Quando se aproximam, eu levanto os braços à altura dos ombros a fim de me tornar ainda maior. Uma fera semelhante a uma ratazana, quase a um rato, rosna para mim, mas se encolhe de imediato quando eu rosno para ele, em resposta, e corre para longe. Eu os sigo.

Logo depois da esquina, um deles, no flanco, investe contra uma sacola de compras abandonada (de palha gasta, deixada ali, talvez, por uma mãe em fuga) e alerta os demais com um latido semelhante a um grito. Nove jogos de mandíbulas inquiridoras, nove caudas palpitantes. Mas a sacola só contém frutas e eles vão em frente, um volta depressa e pega uma maçã em seu focinho em forma de coldre.

Quando atravessam a rua em fila, há uma aceleração num ônibus sanfonado e a roda da frente atinge a puta grávida com um baque abafado. Um grito feroz de alegria vem dos passageiros (com um trilo no meio, quando o ônibus bate num buraco do asfalto). A cadela está morta ou agonizante na sarjeta. Os outros a incentivam com os focinhos, lambem sua cara; um tenta montar nela, as pernas traseiras tensas e trêmulas e, por um momento, desgraçadamente iguais às pernas de um velho. Deixam-na ali e vão em frente.

Os cães selvagens de Predposilov não me parecem selvagens. Parecem treinados — não por um homem, mas por outro cão; e esse supercão lhes ensinou tudo o que sabia. Não creio mais que eles tenham massacrado a criança de cinco anos no parque de recreação pintado em tom pastel. A criança de cinco anos, eu conjeturo, foi massacrada por um pastor alemão das forças de segurança, como um prelúdio de uma turbulenta e incendiária tentativa de matar todos os animais de estimação na Sibéria.

Sim, estou rerrussificado. Mas o que você pode fazer? A regra é: *isto, como tudo o mais, não é o que parece; e tudo o que se sabe ao certo é que é ainda pior do que parece.* Todo russo com quem eu falo, sem exceção, me diz que a Escola Número Um é obra do governo. Como pode ser? Por razões de Estado, para começar. Por razões de Estado — e depois, em linguagem eufemística, a palavra é transmitida. Por razões de Estado, precisamos de algo que reforce o apoio nacional à guerra em nossa fronteira sudeste. Explodir prédios de apartamentos e aviões não serve — precisamos de algo pior. Precisamos de um rebaixamento, agora.

Claro, isso é só uma teoria. Uma teoria que trai sintomas de paranóia, pelo menos aos olhos ocidentais. Todavia, persiste o fato de que todo russo espontaneamente, e de forma independente, a subscreve: *isso* não é uma teoria.

Você vai pensar que sou tendencioso, minha querida. Mas é o que elas parecem.

O planeta tem uma área calva e seu ponto central é o Kombinat. Não existem árvores vivas em nenhuma direção, até mais de cem verstas. Mas algumas das árvores mortas ainda estão de pé. Tipicamente, dois galhos sem folhas, sem rebentos, perduram; apontam não para cima nem para os lados, mas sim para baixo, e tocam no tronco. Vistas de longe, as árvores parecem os sobreviventes de um campo de concentração, que caminham sem rumo para serem encontrados e escondem as vergonhas com as mãos. Acima delas, os postos de vigia das torres de luz sem fios.

Você vai achar que sou tendencioso. Mas é o que elas parecem.

É o que elas parecem, vistas das encostas do monte Schweinsteiger. Palmilho seus modestos declives com minha bengala e meu pé manco. Duas vezes, agora, adiei o vôo rumo a Iekatierinburg. Há um lugar que tenho de encontrar, um lugar onde preciso estar, antes de ir embora.

2. Estatísticas, silêncio, necessidade

O gráfico consiste em duas linhas que se movem penosamente da esquerda para a direita. A linha de cima é a taxa de nascimentos, e declina; a linha de baixo é a taxa de mortes, e sobe. Em 1992, as duas convergiram. Daí para a frente, a linha da vida cai acentuadamente e a linha da morte sobe de forma igualmente acentuada. Parece a tentativa de uma criança de três anos de desenhar a metade de baixo de uma baleia ou de um tubarão: o torso largo se estreita para o nada, depois se esgueira para a nadadeira da cauda. A cruz russa.

Fadiga, subnutrição, superpopulação doméstica e a inexistência de camas de casal no país: isso ajuda. Mas o método principal de controle da natalidade na Rússia é o aborto — o destino de sete décimos das gestações. Sete décimos desses abortos são feitos após o primeiro trimestre e numa atmosfera de grande sordidez e ameaça; a necessidade de outros abortos, não raro, fica evidente pelo processo de esterilização (cumprido de modo variado mas descuidado). Quando isso falha, há sempre a mortalidade infantil: o índice subiu nos últimos cinco anos e agora se equipara ao das ilhas Maurício ou da Colômbia.

Um homem na Rússia tem uma chance nove vezes maior de morrer violentamente do que um homem em Israel. Se isso falhar, ele vai viver tanto quanto um homem em Bangladesh. Há um novo fenômeno demográfico: a aldeia só de *bábuchcas*, de onde os jovens se foram e onde os homens morreram.

Acredita-se que a Rússia poderia se tornar uma "bomba epidemiológica". A planície da Eurásia do Norte será isolada por um cordão sanitário e os visitantes chegarão vestidos como astronautas na Lua.

No decorrer dos próximos cinqüenta anos, em qualquer hipótese, a população deve cair à metade.

Existe uma família jovem aqui no hotel (estão à espera de uma acomodação permanente): marido corpulento, esposa corpulenta, menino pequeno. Vestem sempre roupas de ginástica, como se contassem estar preparados para, com um estalar de dedos, dar uma corrida ou fazer uma série de exercícios; mas tudo o que fazem é comer. E são silenciosos e aplicados quando comem. Sento-me de costas para eles na sala de jantar. Não se ouve nada na mesa deles, exceto o manuseio dos talheres e os pedidos de mais comida, com a boca cheia, além dos débeis zunidos e apitos dos diversos brinquedinhos eletrônicos em que o menino fica ligado (fones de ouvido, a tela de um jogo), juntamente com o esfregar incansável de seus patins com luzes. Eu me pergunto se alguma vez eles discutem a respeito do tipo de pacto em que ingressaram. A ingestão ininterrupta de comida facilita a manutenção do silêncio — a conspiração do silêncio.

Mãe e pai estão destinados ao Kombinat. Sua força natural será extraída deles, assim como o níquel é extraído do minério.

A juventude será fundida e sugada de dentro deles, e serão devidamente substituídos — talvez pelo filho e sua futura noiva. Os salários são altos. As carreiras são curtas. Mas agora têm plano de saúde e vão receber assistência para tratar aquela doença respiratória, aquele tumor prematuro.

O que estou vendo, suponho, é o capitalismo com face russa, uma face estatista. O Estado abriu mão da nacionalização e do monopólio do emprego. Agora ele é apenas o maior acionista, o principal oligarca — o autogarca ou olicrata. E o Estado deve continuar a ser duro e pesado, porque a topografia continua tentando separar a Rússia.

Ananias estava enganado. Homens e mulheres livres virão e usarão seus corpos neste pântano enregelado e peçonhento — ao preço de mercado. Russos virão para Predposilov. O que eles não farão, sendo russos, é ir embora de novo. O Kombinat tenta se livrar deles, esses frouxos e mancos de meia-idade. Dá para eles ações, valiosas em Moscou, mas eles as vendem aqui a preço de banana. Ganham apartamentos nas cidades do Sul, mas eles os vendem também, e aqui ficam. A gente pode vê-los nas ruas, dispostos a se aferrar em seu lugar, a qualquer momento, por uma noite que dura quatro meses.

Liev não *queria* ir para Predposilov, embora no fim, é verdade, ele não tivesse certeza de que desejava partir. O argumento para usar o trabalho escravo, a propósito, permanecia do seguinte modo. Fiquei clinicamente mudo durante uma semana, quando descobri o que era. O argumento para usar o trabalho escravo? Ajudava a manter as pessoas apavoradas e, mais importante ainda, gerava dinheiro. Mas não gerava dinheiro, jamais gerou dinheiro. Desperdiçava dinheiro. Todos sabiam disso, exceto o secretário-geral. Do que se conclui que havia uma conspiração de silêncio. "Se pelo menos alguém contasse a Iossif Vissariónovitch." Mas ninguém se atrevia.

Ananias estava enganado. Ananias, a viúva. A viúva Ananias, agora, é claro, morto há muito tempo.

Você e eu, certa vez, consumimos uma hora nessa questão, por causa de algum trabalho seu da faculdade. Lembra? Eles o formularam de modo menos judicativo, claro, mas aqui está em que se resumia a história: nos anos 30 e 40 do século XX, quem era mais repugnante, a Alemanha ou a Rússia? *Eles*, eu disse. *Muito* mais repugnantes.

Mas houve uma conseqüência. Eles foram muito mais repugnantes do que nós. Porém se recuperaram, e nós não. A Alemanha não está murchando, como a Rússia. Rigorosa expiação — inclusive, antes de tudo, não comissões da verdade e reparações estatais, mas processos judiciais, prisões e, sim, execuções, suicídios sacramentais, derrocadas, autolacerações, cabelos arrancados — reduz o peso da infâmia. E para que serve a expiação? O que ela faz? Em 2004, a infâmia alemã está ligeiramente menor do que estava. A russa, em 2004, ainda é a mesma de antes.

Sim, sim. Eu sei, eu sei. A Rússia está ocupada. Há este outro traço da vida nacional: o desespero permanente. Jamais teremos o "luxo" da confissão e do remorso. Mas e se não for um "luxo"? E se for uma necessidade, uma necessidade indigente? A consciência, eu desconfio, é um órgão vital. E quando ela vai, a gente vai.

Se dependesse de mim, eu pediria uma desculpa formal, por escrito, pelo décimo século; e por todos os outros séculos no intervalo. Mas nenhum trêmulo remanescente, feito de fumaça e chamas, vai levantar-se e abanar as mãos no ar. Nenhum Deus russo vai chorar e cantar.

Alguém peça desculpas. Alguém me diga que eles lamentam. Vamos. Chore o Volga, chore o Ienissei, chore o rio Moscou.

3. Nível de bolha

Os *bens* de Liev chegaram a Chicago no fim da primavera de 1983: um caixote de compensado de bom tamanho, colado, prensado e pregado. Permaneceu confinado no armário do meu escritório durante vinte e um anos. Então eu o abri. O motivo foi a notícia da morte de Kitty e as inegáveis intimações da minha própria morte. Aguardei uma manhã que combinasse um céu imaculado com a perspectiva de almoçar no seu apartamento. Então, depois do café-da-manhã, pedi à entidade conhecida pelo nome de coragem que me levasse pela mão. Fomos juntos até a caixa de ferramentas pegar um formão e um martelo. Veja, uma de minhas proezas, no Rossia, era o desfiguramento do passado. E você não quer olhar para uma coisa desfigurada, quer?, quando ela obviamente não pode ser curada. O que eu encarava era isto: o testemunho das dimensões assombrosas do meu crime — o meu crime perfeito. Eu sabia, também, que a oferenda de Liev estaria minada ou cheia de armadilhas. Eu sabia que ia explodir na minha cara.

Pois bem, então. Um cinto de couro, duas gravatas, um cachecol da minha mãe e alguns livros dela, um troféu de Artiom, um relógio, uma navalha, um frasco de bolso, um nível de bolha (com seu lustro polido e seu olho trágico), uma caixa de sapato branca e um folheto verde... O folheto tinha um título: "Poemas". A caixa de sapatos estava cheia de fotos. Peguei uma e arrastei os olhos para ela: eu, Zóia e Liev no lago Negro em Kazan: 1960, e a névoa inocente do preto-e-branco. Mas dos três rostos só o dela, debaixo da touca de crochê, tinha a luz do prazer — prazer com a novidade de ser fotografada. O rosto de Liev estava meio de viés, os olhos procuravam algo mais baixo, para o lado. O meu estava dissimulado e exprimia o mau humor da vigília: Kitty vai disparar a câmera e mais um segundo vai passar.

Levantei-me da cadeira e caminhei até a escrivaninha com o folheto verde debaixo do braço. Minha intenção agora era ler os poemas: Liev compilado. Você deve imaginar o meu semblante de erudito e os lábios um pouco pronunciados de inquirição livresca — a normalidade anormal daquilo, a exemplo do interesse sagaz que um homem de súbito começará a sentir pela decoração da sala de espera do seu oncologista. Enquanto faço essa coisa normal (eu pensava em segredo), essa coisa normal que faço bastante bem, nada de anormal pode me acontecer. Sentei-me; respirei entre os dentes; minhas sobrancelhas cerradas eram como flexões de braço da testa. Excelente, falei em voz alta: cronológico. Aqui, afinal, está uma *vida*.

Vinte e dois poemas cobriam o período dos primeiros esforços sérios de Liev até sua prisão em 1948, aos dezenove anos de idade. Muito mandelchtamiano, julguei: bem realizados e aplicadamente informais, e aqui e ali aproximando-se das imagens que de fato ferem e afetam. Jovem demais, é claro. Havia poemas sobre garotas, garotas em geral, mas nada de poemas de amor.

Um hiato, então, até 1950, e depois seis ou sete por ano até

1956. Esses teriam sido memorizados na época e redigidos quando em liberdade. Eram todos poemas de amor — canções na segunda pessoa, dirigidas à pessoa amada. Digamos que esses poemas eram, para mim, mais difíceis de avaliar. Eram cerrados, aflitos, grávidos. Os golpes que eles me acertavam, afora os trancos e socos curtos de bílis e perda, eram de uma sensação insuportável de privação emocional. Como se eu jamais tivesse sentido nada por ninguém. Apenas pensei que tinha sentido... O último era datado de julho de 1956: questão de semanas, talvez dias, antes da visita conjugal no chalé na montanha.

Depois disso, nada durante oito anos. E então a retomada, de braços e pernas tensos, quase a pedir desculpas, após o nascimento de seu filho. Duas décadas, e uns poucos epigramas sobre Artiom. Enquanto eu os lia, perguntava a mim mesmo o que a soma daquilo representava. Uma porção de competentes obras juvenis; um corpo de canções de amor escrito na escravidão; e oito haicais sobre a paternidade. Nove.

Não gostei do aspecto do poema número nove. Não era censurável em si mesmo — uma reflexão minimalista sobre a perplexidade do filho único. Mas o poema número nove tinha alguma coisa por baixo dele. Uma presença retangular do branco mais branco.

Claro, era uma carta, com o meu nome e o meu antigo endereço em Moscou. O envelope estava selado e reforçado com uma faixa de cola grossa. Não cor de carne, o protuberante vermelho-tijolo dos primeiros socorros russos. Dentro, havia várias folhas. Um original: na sua caligrafia pequena e utilitária.

"*Irmão*", começava, "*falei que eu ia responder sua pergunta antes de morrer. Vou cumprir a primeira metade da promessa. Tenho certeza de que serei capaz de mitigar sua curiosidade. Também tenciono mortificar sua alma. Prepare-se.*"

E foi o máximo a que cheguei. E é o que tenho feito desde então — me preparo.

Sim, vou ler a carta de Liev. Mas não quero dar a ela tempo nenhum para me impregnar.

Vou ler mais tarde. Quero que seja mais ou menos a última coisa que farei.

4. Tubo de ensaio

Foi em um de meus últimos assombros crepusculares, ao pé do volume oco do monte Schweinsteiger, que o encontrei. Aqui, as formas da terra, as placas tectônicas, até os pontos cardeais foram reembaralhados e remanejados, mas eu encontrei: a alameda pequena e íngreme, os cinco degraus de pedra cravados ali só para a gente; e então o platô desmatado ao pé do monte. Nenhuma construção agora, mas ainda se via o perfil sulcado do solo — o perfil do anexo da Casa de Encontros. Cruzei a soleira. Enquanto abria meu caminho a pontapé em meio aos detritos e ao entulho, eu ouvia a débil ressonância de vidro estilhaçado. Meu sapato fuçou nas aparas de madeira e então me abaixei. Levantei-a, a coisa debilmente cintilante; um tubo de ensaio quebrado, no pescoço de uma estrutura de madeira. Aquela nódoa escura em sua borda. Talvez fosse a flor silvestre com seu carmim amoroso, testemunha de um experimento no amor humano.

Na outra mão, eu segurava um saco plástico. Não demorei muito a enchê-lo — com fêmures, clavículas, lascas de crânio.

Eu caminhava em um campo de matança, uma cova revirada por tratores e escavadeiras. Mais além, contornando a encosta, achei uma espécie de chalé de sentinela; parecia um banheiro para uma só pessoa, mas na verdade era um *santuário*. Dentro: ícones, uma maçã, uma cruz de madeira pregada à parede. Não, esta não é uma terra de nuance... Os judeus têm Yad Vashem e uma Força Aérea. Nós temos uma casa pré-fabricada e uma maçã gangrenada. E uma cruz russa.

Caminhei de volta para a praça da cidade. Comprei uma cerveja e um jornal e sentei num banco diante de uma mesa forrada de fórmica. O único freguês além de mim era um homem cheio de pintas em trajes de cigano, irrevogavelmente desmaiado, graças a Deus, sobre o seu acordeão. Uma nota no pé de página do *Post* me informava que as "cifras" de Iossif Vissariónovitch continuavam a aumentar. Seu grau de aprovação é o que um belo e devoto presidente dos EUA poderia esperar numa época de monótona prosperidade. Com o meu saco de ossos e o meu tubo de ensaio partido, sentei-me num transe de falta de amor e observei aquilo — a farsa. A farsa do incorrigível.

As ruínas de meia-idade de que lhe falei, aqueles que não vão embora: um grupo deles, homens e mulheres, estava parado na esquina vendendo — leiloando — seus analgésicos para jovens estiolados de sobretudos feitos da capa de vinil de bancos de carro. Depois, muito rapidamente, os velhos se embriagam e os jovens caem num estupor. Decorridos vinte minutos, todo mundo está tombando e chafurdando nas poças cor de sangue infestadas de óxido de ferro, seringas usadas, preservativos usados, embalagens de doces americanos e vidro quebrado. Eles se reviram, e se torcem, e cambaleiam. E apenas vêem-se cair, uns aos outros. Sim, tudo se foi — os cães selvagens têm mais espírito. Está certo, fique parado. Ninguém vai vir lamber sua cara nem tentar ressuscitar você com uma trepada.

Naquela noite, era sexta-feira e Predposilov estava de porre, não de vodca, mas de álcool cirúrgico, a trinta centavos o garrafão. Um quiosque era envidraçado e totalmente iluminado, como um farol. Cheguei perto e observei. Observei a confortável figura da loura em sua ratoeira. Tudo o que tinha para vender era álcool cirúrgico e pilhas de livros de bolso de um só gênero. Era tudo o que ela negociava: *O mito dos seis milhões*, *Mein Kampf*, *Os protocolos dos Anciãos de Sião*, e álcool. E a loura ficava sentada à toa na caixa registradora, a cara apoiada na almofada do seu plácido queixo duplo, como se aquilo que a rodeava (nas prateleiras, nas ruas e nas regiões a toda volta) fosse absolutamente comum, e não parte de um pesadelo inesquecível... Sabe o que eu acho? Acho que deve ter existido um requisito evolutivo que a Rússia simplesmente deixou escapar. Ela não é como Zóia. A Rússia aprendeu a engatinhar e aprendeu a correr. Mas jamais aprendeu a andar.

Amanhã vou de avião para Iekatierinburg. Estou pronto. Podemos encerrar, agora, com duas cartas do mesmo hospital de navio.

5. A carta de Liev

Está datada de 31 de julho de 1982.

"Irmão", começa.

Falei que eu ia responder sua pergunta antes de morrer. Vou cumprir a primeira metade da promessa. Tenho certeza de que serei capaz de mitigar sua curiosidade. Também tenciono mortificar sua alma. Prepare-se

Durante vinte e seis anos, até hoje, venho tentando escrever um poema longo intitulado "Casa de Encontros". Um poema longo. Simetricamente, porém, a chama do meu nume, tal como era, apagou-se naquela noite, junto com tudo o mais. Você verá, no fim, que consegui duas ou três estrofes, muito tardiamente. Não creio que você vá encontrar interesse nelas. São sobre Artiom apenas. Poemas infantis. Nada mais que isso.

Não, eu não poderia fazê-lo, aquele poema. Eu não conseguiria contar aquela história. Mas agora estou morto e posso contá-la para você.

Estou escrevendo isto no hospital. Nosso sistema de saúde pode ter dedos grossos (com unhas encardidas), mas tem mãos largas. A atitude com a doença é a seguinte. Todo tratamento — e nenhuma prevenção. Contudo, estão me usando para testar um novo medicamente para a asma. Não sou o primeiro. Está claro que a maioria dos candidatos anteriores, se não todos, sofreram ataques cardíacos fatais. Antes, também. Mas até aí existe uma concordância de interesses. Meu coração se agüenta e eu respiro com facilidade. Como o ar é delicioso. Que luxo é inspirá-lo — contanto que a gente saiba que vai conseguir pôr essa porra para fora do corpo. Ar, mesmo este ar, com seus cheiros e cinzeiros (todo mundo ainda fuma, pacientes, faxineiros, fornecedores, médicos, enfermeiras), medicamentos agressivos e tuberculose terminal, tem um sabor bom. O ar tem um sabor bom.

Portanto — eu a vi subindo pela trilha, o seu jeito de andar, sua forma exagerada pelo vidro torto da janela. Ela entrou. E o momento do encontro foi exatamente o que você desejaria que fosse. Senti a força de certos clichês — "além de mim mesmo", por exemplo. Eu precisava de duas bocas, uma para beijar, outra para elogiar. Eu precisava de quatro mãos, uma para soltar os prendedores, uma para desabotoar, uma para afagar, uma para apertar. E o tempo todo eu reabastecia lembranças gastas até o fundo à força de repetições mentais. Quando a gente acaricia Zóia, ela se contorce, quase coleia, como que para ampliar a abrangência do nosso toque. As crianças fazem isso. Artiom fazia isso.

Com a retirada de todas as peças de roupa, veio a liberação de vastas reservas de fascínio. Se houvesse um sentimento indesejável, nesse estado, seria uma espécie de jocoso medo mortal. Lembra o comedor de merda que deu sua tigela e sua colher como parte do pagamento de uma nova tigela e uma nova colher e depois teve uma overdose ao comer uma ração dupla? E quem poderia esquecer a sina de Kedril ou de Gorger? À medida que Zóia ficava cada vez mais nua, eu pensava naqueles ridículos banquetes tsaristas com que criávamos fantasias. Lábios de salmão e pálpebras de pavão encharcadas em mel e ovas de esturjão. E duzentos pratos diferentes, com quarenta e cinco tipos de torta e trinta saladas diversas.

É necessário neste ponto dizer-lhe algo a respeito do estilo amatório de Zóia. Não sou suscetível nem possessivo sobre essas coisas (como sinto que você é), e minha intenção, em todo caso, é embaraçar você — estorvar você — com confidências. Do modo mais notável, mais alquímico, ela era uma mulher grande que pesava cerca de meio quilo na cama. Era também muito inventiva, sobrenaturalmente desinibida, e tinha um fôlego incrível. Durante nossos primeiros nove meses juntos, fazer amor, parece justo dizer, tomava boa parte do nosso tempo. Por exemplo, com pausas para cochilos e lanches, nossa última sessão (antes do dia do casamento e de minha provação de dez minutos) durou setenta e duas horas.

Não demorou muito e, na Casa de Encontros, estávamos fazendo isso — o que as pessoas fazem. Fiquei tão espantado com a minha presteza, a minha competência, que levei um tempo antes de começar a me perguntar o que estava errado. Era isto — e no início dava uma sensação completamente patética. Enquanto eu fazia amor, não pensava na minha mulher. Pensava no meu jantar. Os imensos nacos de pão, o arenque inteiro e a sopa gordurosa que você e os outros tinham guardado tão cuidadosamente e de forma tão tocante. É claro que eu poderia dizer a mim mesmo: Durante oito anos você não teve comida na sua frente e depois *fez uma outra coisa*. Mas seria falso dizer que eu já não estava muito assustado. Uma das coisas terríveis naquela noite foi uma sensação de invasão a partir de dentro e o sentimento de que eu era um mero espectador de uma pessoa estranha.

Jantamos. E também estava fantástico. E tinha a vodca, os cigarros. Então eu a ajudei a se lavar. Zóia passara o dia na traseira de um caminhão e não dava para distinguir as manchas de sujeira das contusões. Duas semanas na estrada de ferro e nas rodovias. Eu estava exultante com sua bravura, sua fidelidade, sua beleza, sua vivacidade misteriosa. Deus, que *esporte* ela era. Eu estava cheio de gratidão e fiquei de novo com tesão.

Dessa vez fiquei contente, no princípio, ao descobrir que não estava pensando em comida. O que eu fazia, porém, era nada mais do que retardar a compreensão de que estava pensando em sono. Sono e piedade. Era uma daquelas ocasiões em que nossos pensamentos e sentimentos ocultos nos revelam o fruto do seu trabalho silencioso. Descobrimos o que nos preocupa — e com que bom motivo. Eu queria adormecer enquanto se compadecessem de mim. Era o que eu desejava. E no fim de fato dormimos, durante muitas horas, e ao nascer do dia tomamos chá no frasco de Zóia e começamos uma vez mais. Dessa vez eu não pensei no sono nem na comida, nem na liberdade. A essa altura, eu tinha achado o meu tema. Eu não pensava senão naquilo que eu havia perdido.

E o que *era*? Lembrei a primeira lei da vida no campo: para você, nada — de você, tudo. Pensei também no lema urka (e no texto de muitas tatuagens dos urkas): Você pode viver, mas não vai amar. Pois bem, seria macabro dizer que eu tinha perdido todo o meu amor. E seria falso, falso. O que havia acontecido comigo, irmão, foi isto — eu tinha perdido todo o gosto de transar. Todo.

Você não pode ter deixado de reparar que Zóia é muito mais atraente do que eu. Bem, você mesmo o disse, mais de uma vez, em 1946. Posso lhe garantir que eu sabia disso — todos os meus sentidos sabiam disso. Eu me sentira bastante enaltecido pela bondade desajeitada da minha Olga, da minha Ada. Depois Zóia, a copa do mundo do amor, que curou minha gagueira numa única noite. E o que mais? Será que ela ia me deixar mais alto, ia me recompor com um queixo que combinasse com as orelhas? E, sim, ela fez isso mesmo, fez mesmo.

Eu me senti revolucionado — e libertado. E minha reação foi uma gratidão ilimitada. Nada que eu fizesse por ela seria o bastante. Louvor perpétuo e estima infinita, palavras de afeição e abraços, versos, bijuterias, mensagens, massagens — atenção indivisa, junto com a ação de um desejo que não tem limite máximo. A "especialidade" de que você falava durante aqueles meses de loucura heróica em 53, o sentimento "telúrico" — o que você descobriu na comunalidade que descobri nela. Com esse superamor eu recuperei o equilíbrio. E ela olhava para mim, para *mim*, e dizia que não conseguia acreditar na sua sorte. Ah, irmão, fiquei quase paranóico de felicidade. Era como religião combinada com razão. E eu praticava o culto sozinho.

Naquela noite na Casa de Encontros, toda a minha consciência de inferioridade voltou e foi reforçada pelo significado da minha escravidão. Em Moscou, no sótão em forma de cone, eu era Liev, mas eu estava limpo e livre. Pensei: ela devia ter me visto algumas horas atrás, antes da tesoura de podar e dos jatos de mangueira — um pequeno matagal de piolhos e lêndeas. Portanto, ao silencioso mas universal sussurro de desalento que sempre ouvi, debilmente, quando entrava na dobra dos braços dela, acrescentou-se uma outra voz, que dizia: "Não importa se ele parece um idiota da aldeia. Isso é problema deles. E quanto ao que ele *é*? Ele é uma formiga que labuta pelo Estado sob a mira de armas. É um *escravo*. Não há nada a fazer senão ter pena dele, ter pena dele". E eu queria de fato que tivessem pena. Eu queria a pena de toda a Rússia.

Aglomerada à minha volta, estava uma rouca platéia de pensamentos, pequenas gárgulas que escarneciam e provocavam. Que milagre de feminilidade era aquele debaixo de mim e à minha volta? Mulheres não eram *feitas* para parecer mulheres, não mais. Então, meu Deus, o negócio com as mãos. Eu continuava a pensar: Onde está a mão que matou o meu ouvido? Onde estão as mãos do camarada Uglik? Serão as minhas mãos as mãos dele? Serão as mãos dele as minhas? Esta garra, este caranguejo — de quem é? E só por estarem ali, por não estarem ausentes, minhas mãos pareciam pesadas, violentas. E por trás de tudo isso havia o pensamento de que, não sei... o pensamento de que um homem não é uma coisa boa para ser. Eu não conseguia afastar a idéia. Não havia pensamento estúpido ou disparatado o bastante para que eu não lhe desse abrigo. Porque qualquer pensamento que fosse representava uma alternativa ao outro pensamento — o pensamento sobre tudo o que eu havia perdido.

Eu não esperava que as coisas fossem diferentes na liberdade. E não foram. Visto como uma questão de sensações, de centros nervosos, o ato físico ainda era muito melhor do que qualquer outra coisa que eu pudesse sonhar em fazer. Pensei que eu podia simplesmente me concentrar no carnal. Mas quando o coração se vai, então, muito em breve, se vai também a cabeça. Tornou-se impossível proteger-me da idéia de que aquilo que eu estava fazendo era essencialmente sem sentido — como retomar um passatempo fútil e trabalhoso que eu já superara desde muito tempo. Quando a gente perdeu todo o gosto de transar, adivinhe só o que o amor passa a ser. Trabalho. Trabalho que se torna mais árduo a cada hora. A noite era o turno da noite, que me aguardava à espreita ao longo de todo o dia. Lá vem ela de novo (com toques satíricos, é verdade, com piadas e zombarias), a lembrança errante daquilo que perdi. Eu tinha de procurar meu rosto pelos contornos de ternura, mas aquelas formas, também, tinham todas ido embora.

Naquela noite no campo eu fiz uma excelente personificação do velho Liev — quer dizer, do jovem Liev. Mas o velho Liev havia desaparecido, junto com a minha juventude. Continuei a fazer essa personificação durante cinco anos. E ela nunca soube. Minha experiência de grandes beldades começa e acaba com Zóia, mas investi muito pensamento nelas. No tipo. Creio que ela era muito atípica, sexualmente. A maioria das grandes beldades, eu desconfio, tende para a passividade: a simples aquiescência é tida como uma grande generosidade. Mas em outra área eu creio que ela era típica — de fato, arquetípica. Ela não era uma observadora da textura dos sentimentos das pessoas à sua volta. Grandes beldades não precisam ter todo o trabalho que nós temos, o trabalho de *vox populi* e "observação em massa". Exceto quando seu conteúdo era violento, ela nem sequer notava o anti-semitismo. As pessoas olhavam para ela com aquele sorriso escarninho e piedoso, como se ela fosse um gato que tivesse perdido todo o pêlo. Acredite, eu precisava de fato saber a respeito da gripe dos xenófobos. É um espelho do tamanho do Pacífico — um oceano de inaptidões.

Não, ela nunca soube. Só havia uma coisa que eu não conseguia controlar, e isso a incomodava. Eu chorava durante o sono. Eu vivia chorando durante o sono. E era sempre o mesmo sonho. Ela me perguntava a respeito enquanto se vestia para ir ao trabalho. Eu lhe contava que o sonho era sobre Uglik. Não era verdade. O sonho se chamava Casa de Encontros.

O meu duplo, o meu gêmeo ancestral, o meu Vadim, ainda estava lá, na liberdade, e ele tinha um plano. Seu plano era eu ficar ainda mais feio. Daí a barriga de cerveja, o novo tique, a consciente sem-gracice — e, é claro, a maneira como eu me apoiava ou me aferrava à minha gagueira. Nessa altura, eu estava louco para ficar doente, inválido. Eu queria estar cercado de gente vestida de branco. A palavra hospital assumiu o brilho sagrado que possuía em Norlag. Todo o tempo agora, eu estava ciente de um sentimento "à espera". Era a ansiedade para ficar velho. Antes, no auge do êxtase sexual, eu sentia que era torturado por alguém infinitamente gentil. Agora eu me sentia assim toda vez que ela sorria para mim ou pegava minha mão. A última fase, a fase final, que trouxe toda uma nova ordem de alarme, se fez presente no verão de 1962. E o primeiro sintoma foi físico.

Comecei a escutar, indo e vindo, um zumbido tenso — como o rumor de motores a jato ouvidos de dentro do avião. Um zumbido interno, supus, no meu ouvido morto. Após um tempo, me dei conta de que só acontecia em determinadas situações: ao atravessar pontes altas, em cima de penhascos e sacadas, perto de trilhos de trem e de estradas movimentadas — e também quando eu me barbeava com a navalha. Então, um dia, em Kazan, levei meia hora para me afastar de um caminhão de lixo que vi parado na rua. Era um compactador de lixo. Os homens o deixavam ligado enquanto iam pegar suas cargas, é claro (para o caso de o motor não pegar de novo), e o zumbido dentro do meu ouvido soou tão alto que a sórdida mastigação da máquina, seu mascar e remoer, não fazia de fato ruído, mesmo quando cheguei perto e olhei lá dentro. Os blocos de aço que subiam e socavam estavam apenas ligeiramente manchados, e os dentes pretos haviam se palitado quase de todo. Lá dentro, parecia estar tudo bem. E não fazia barulho.

Quando estávamos crescendo, você costumava dizer que eu era um solipsista, e um solipsista de energia e firmeza incomuns. Você falava da sobriedade do cálculo em meu próprio interesse, a falta de qualquer instinto de aquiescência com o ânimo do grupo (além da protusão oblíqua do lábio inferior e da "privacidade" dos olhos). Bem, continuava a ser verdade que eu não tinha a menor vontade de me matar. Isso parecia uma prioridade razoável. O suicídio do escravo sobrevivente — sabemos como é bastante comum e no fim acho que posso sentir respeito por isso. Como um modo de dizer que a minha vida é <u>minha</u> e posso tomá-la. Mas eu achava que eu havia me agüentado bastante bem no campo — nada de violência, sem maiores transigências, sem grandes emoções. Eu não queria fazer o que outros tinham feito. E avaliava que eu tinha uma boa chance de passar pela vida sem matar <u>ninguém</u>.

De fato, dava a sensação de ser tudo muito involuntário. Eu me refiro à minha greve, minha greve selvagem. Deixei as mãos penderem ao lado do corpo. Não apenas o ato noturno, mas tudo o mais, todos os sorrisos e sacramentos, todas as palavras, todos os comentários de amor. Ela notou *isso*. Peço que você imagine o que era ficar lá deitado, sentado, de pé, e olhar. Fui rápido — direi isso. Em um mês, ela foi apanhada, num crime flamejante, com o instrutor de ginástica durante o intervalo para o almoço. E eu fiquei livre.

Só para terminar o meu lado da história. Eu não queria um filho com Zóia e não queria um filho com Lídia. Mas é curioso. Com Lídia, com *Lídia*, senti um breve rejuvenescimento do ímpeto erótico. Havia agora a possibilidade, pelo menos, de uma conseqüência. Algo semelhante — se não for o gosto de transar, que seja a aplicação. E, a propósito, sempre fiquei espantado com aquilo que Lídia pensa que é foder, em comparação com o que Zóia pensava que era foder. Mas funcionou. O menino, quando veio, começou a me dar o tipo de prazer que eu tinha com Zóia. Proximidade do esplendor físico, mas agora manobrável. Eu tenho em mim amor bastante por Lídia, posso raspar o fundo da panela e reforçar misturando com coisas como aprovação e respeito. Lídia compreende. Depois de Zóia, sinto como se eu estivesse vivendo com uma psicoterapeuta dedicada — e uma leitora de mentes. Posso sentir Lídia decodificando os meus silêncios. Ela compreende e tem pena de mim. No fim, a gente dá um basta à autopiedade. É muito cansativo. A gente quer que outra pessoa faça isso por nós. Lídia tem pena de mim. Ela tem pena de mim, o que Zóia corretamente nunca teve, e ela tem pena de mim também por causa de Zóia.

Tirá-la à força, expulsar Zóia à força, não foi uma crueldade calculada. Ninguém sabia melhor do que eu como ela era desarvorada no amor. O jeito terrível como se entregava. Era uma totalista entre homens que lidavam com frações. Sei que você e Kitty ficaram estarrecidos com o casamento dela, mas eu fiquei secretamente em êxtase, por um tempo, em todo caso. A ironia é muito contundente, concordo. Mas tenha em mente que ela era desarvorada em outras coisas também, inclusive dinheiro. Nos poucos meses entre a nossa separação e o nosso divórcio, ela contraiu dívidas que pareciam orçamentos do Estado. Eu soube que no fim custou a Ananias quase metade do que possuía para livrá-la das dívidas. Por fim: reparação. O dinheiro ganho com o escárnio do suor de escravos — vai para Zóia. Daqui em diante, ou assim eu sentia, aquele horrendo monte de bosta vai mantê-la aquecida, alimentada, vestida, e vai dar valor a ela. Ou assim eu sentia.

Agora, meu irmão. Minha suspeita é que você ainda não se livrou de sua atração por Zóia. Você vai esperar até que eu esteja morto e depois vai tentar de novo. Não logo depois. Não vejo você entrando no avião com uma mala em uma mão e as sobras da ceia fúnebre na outra. Escute. Teve uma noite em Moscou, quando ficamos na sua casa à noite, em vez de voltarmos para casa, e você ficou dando "aquele olhar" para ela a cada cinco minutos — você acha que é todo forte e silencioso, irmão, mas você é um livro com a lombada já aberta e rompida e as páginas quase soltas. Nós conversamos sobre isso quando fomos para a cama. Falei, como era meu hábito, "Como um cão perspicaz que sabe que vai ser surrado". Agora você lembra como ela podia ser sagaz quando queria, quando parava e refletia. Vou destacar na página a resposta dela para dar um peso extra:

> Não, não mais. É mais como um cão preso a uma trela. Com um guarda na outra ponta. Ele deseja ardentemente, mas também odeia. Veja a maneira como está sempre dando alfinetadas em Varvara a respeito do passado dela. Dá a

> impressão de que ele a resgatou da prostituição. Aposto que ele a tortura. É o que faria comigo. Um exercício interminável. Uma interminável manobra com o passado. Com você. Você e todos os outros.

E sabe o que ela fez então? Fez o sinal-da-cruz. Ela.

Num mundo de livre-arbítrio, você não teria a mínima chance com Zóia, nem pensar. É muito simples: você é violento. No campo, quando me tornei pacifista, foi uma tentativa de preservar algo em mim mesmo. É a filosofia do vadio, eu sei — do piedoso preguiçoso. Na época, supus que você travava umas brigas discretas para me ajudar e fiquei calado. Recordo a mudança na atitude, e a aparência, dos três pequenos desordeiros que viviam atrás de mim. Eles todos pareciam saídos da mesma batida de carros. Deus. E aquele tártaro que queria a minha pá — foi você quem quebrou o braço dele? De todo modo, tentei, com meu quinhão de hipocrisia, preservar algo em mim mesmo. Não deu certo. Nada teria dado certo. E não condeno você, realmente, por aquilo que fez — aos informantes. Opressão armazena sede de sangue. Armazena como vinho.

Mas sei que você é um pretendente pertinaz e engenhoso — e no caso dela (se posso dizê-lo) um pretendente notavelmente otimista. Mas ela é fraca contra certos tipos de influência. E se o velho estiver vivo, quando eu já não estiver, e ela ainda estiver com ele, bem, já me dá enjôo pensar no isolamento de Zóia e em sua frustração. Contudo, sinto isto com segurança e advirto você, com um temor genuíno. Se tentar algo com ela, não trará para ambos nada senão desgraça. Para não falar, ou pelo menos para não entrar, no insulto que seria em todo caso à minha memória e ao nosso amor fraternal. Um amor que sobrevive ao fato mais estranho de todos.

Você queria que eu morresse, não queria? Desde o primeiro dia em que cheguei ao campo. Você lutou, e venceu, e arriscou-se a muitos danos físicos a fim de manter-me a salvo. Porém queria que eu morresse. Porque Zóia era impossível enquanto eu estivesse vivo. Não sei por quê. Não sei a que regra do tipo urka você estava obedecendo, mas fico feliz com isso. Ou talvez você tenha se dado conta de que eu simplesmente não podia deixar que acontecesse. Precisaríamos de pistolas ao nascer do dia. E então você realizaria o seu desejo. O meu suicídio teria sido a coisa mais simples, não é? Às vezes me surpreendo pensando que toda a rebelião do Norlag, os Cinqüenta Dias, com seus cem mortos, foi arquitetada por você só para dar um último lance de dados. Eu podia ir, você podia ir — deixe que o destino resolva. E, Deus, 4 de agosto, com suas mortes e ferimentos. Ferimentos que transformaram os cabelos de nosso amigo de taiga em tundra. Como eu disse na época, você é um romântico. A seu modo. E também para você tudo isso não tem a menor graça. Não tem graça querer a esposa do seu irmão. E querer essa mulher com tanta força.

O que eu gostaria de fazer é viver o bastante para ver você velho demais para se importar com isso. Ou velho demais para se mexer. Você vai se dar conta de como estou falando sério quando lhe digo que vou parar de <u>fumar</u>. Mas eu não os vejo, de fato, os velhos ossos. Quem foi que falou assim: "No hospital, é sempre mais cedo do que a gente imagina"? Mais cedo — e também mais tarde, pelo menos para mim. Na minha internação, fizeram-me assinar uma ficha que dizia, mais ou menos, que eu não me importava de morrer. Fiz meu testamento e já estou dividindo minhas lembranças, como o bom menino que fui. Ah, como nós éramos bons meninos! Como éramos bons meninos antes. A entrega desta carta, vou confiá-la a Artiom, cuja viagem termina no Natal. É o único traço que minhas esposas têm em comum: a gente não pode pedir a elas que ponham uma carta no correio. É a mesma coisa que fazer um aviãozinho de papel e jogar pela janela. Mas não acho que Lídia vá ficar muito bem-disposta depois que eu partir.

Você sabe o que aconteceu conosco, irmão? Não foi apenas um compêndio de experiências péssimas. A fome, o frio, o medo, o tédio e a fadiga oceânica — isso era geral, e padrão. Era produzido em série. Estou me referindo ao destino feito sob medida. Algo foi planejado dentro de nós, em mistura com o que já estava lá. Para cada um de nós, de diferentes maneiras e cenários, o pior desfecho possível e um preço a ser pago, não com o que cabe numa colher nem numa pá, mas num dia, num ano, em toda uma vida. Eles fizeram mais do que tomar de nós a juventude. Tomaram de nós também os homens que íamos ser. Ver Uglik, o nosso mestre, tentando acender seu segundo cigarro — foi então que senti isto crescer dentro de mim, a minha deformidade específica.

E qual é a sua? A minha é o cinismo. Eu me ergui acima dele em vários trechos desta carta para você, mas o tom que uso ao falar da mãe do meu filho é um indício suficiente do grau que isso alcançou em mim. Cinismo é o que eu sinto, ou o que não sinto, o tempo todo. E quem seria um cínico? Cínico. Cara de cão. Condenado a ver cinismo em toda parte. Mas isso está aqui. Me domina. Não me importo com ninguém nem com nada. Pontos cegos, suscetibilidades, vêm e vão. Às vezes consigo me persuadir de que não me importo com Lídia, Kitty, você, mamãe. Raramente consigo ter êxito em me condenar pela blasfêmia de não me importar com Artiom. E jamais consigo dizer que não me importo com Zóia.

Mais uma vez — qual é a sua? Só você tem o direito de nomeá-la. Antigamente eu achava que a guerra, e não o campo, é que havia ferrado com você. Mas você venceu a guerra. E ninguém venceu a outra coisa. No entanto, o que quer que a guerra tenha feito, o campo manteve isso preso numa armadilha dentro de você. Para nós dois, eu acho, a coisa tinha a ver com a nossa enfraquecida capacidade de amar. É estranho que a escravidão produza tal efeito — não só a fantástica degradação, não só o temor e o tédio e todo o resto, mas também a injustiça acumulada, a injustiça silenciosa. Pois muito bem. Estamos de volta ao nosso ponto de partida. Para você, nada — de você, tudo. Eles tomaram isso de mim, ao que parece, só porque eu dava exatamente a isso um grande valor. E talvez a verdade esteja com os brutamontes e as putas. Aquelas letras arranhadas no antebraço cheio de veias de Arbatchuk. Você pode viver, mas não vai...

Eu quero bem a você. É um grande alívio poder dizer isso, e sentir isso. Não quero bem a muita gente, não mais. Todas as pessoas que não conheço — eu já não quero bem a elas. Histórias de doença e de miséria: esse é o tipo de coisa que hoje em dia me anima um pouquinho. Exatamente agora, estou tendo um de meus melhores momentos. Sinto-me desembaraçado. E espero que você faça o que fiz e consiga montar uma família à sua volta. Boa sorte. E obrigado. Obrigado pelo empréstimo volumoso, obrigado pelo meu Atestado de Alforria, e obrigado pelo assento no trem, naquela época. E, sim, obrigado por quebrar o braço do tártaro. Rapaz, você não era mole. O jeito como fez aqueles pastores alemães se encolherem, virarem de barriga para cima e se mijarem. "Você acha que vou ser sacaneado pela porra de um cachorro?", você disse. E nos últimos meses da guerra, as salvas de canhão em Moscou toda vez que uma cidade importante caía — a cada estrondo, eu sentia o seu poder.

Sabe, sem a sua influência sobre Vad, acho que eu não teria sobrevivido à minha infância. Aquele Vadim. Com base no fato de que nasceu primeiro, ele queria todas as mordomias do irmão mais velho. Ele de fato queria que eu morresse. E ele não ia só ficar torcendo para que o acaso desse um jeito: ele ia pôr mãos à obra. Por quê? Porque eu estragava aquele idílio de meia hora borrado de sangue — durante o qual ele teve a sua mãe só para ele. Desde que eu nasci, você foi o defensor dos meus direitos. O defensor dos meus defeitos. Você se erguia como um deus — você cruzava o oceano, enchia o céu inteiro. E ainda sinto isso. Ter você como irmão era como ter cem irmãos. E assim há de ser sempre. Liev.

Oh, escravo, tu me mataste...

Sim, naquela noite. Sim, é verdade, minha menina. Não foi a sua hora mais bonita. Naquele intervalo (nosso jantar no Grill, fim de julho) você me sujeitou a dois vulgarismos grosseiros — dois empréstimos covardes, a bem dizer, do poço comum de clichês, refrões surrados, jingles. Não "vá lá", Vênus. Não entre nessa necrópole de novidades.

A primeira foi "closura". Por que eu não procurava a "closura"? "Closura": argh, basta eu sussurrar ou ameaçar pronunciar essa palavra que me sinto transformado num pirralho de casaco branco e pescoço gordo num consultório com cara de shopping. Closura *é uma palavrinha sebosa que, mais ou menos, descreve um estado mental que não existe. A verdade, Vênus, é que* ninguém jamais supera coisa alguma. A *sua segunda enormidade não foi um simples epíteto isolado: veio na forma de uma frase inteira. "Tudo aquilo que não nos mata nos deixa mais fortes." Nada disso! Nada disso. Tudo aquilo que não nos mata não nos deixa mais fortes. Deixa mais fracos, e depois nos mata.*

Claro, acontece que estou experimentando eu mesmo aquele negócio. Aquele moroso mas vasto serviço médico de que Liev falou — isso tudo desapareceu. Só uma escassa maioria de hospitais estatais pode se dar ao luxo de ter água corrente, e digo, com lágrimas de orgulho, que o lugar onde me encontro é um deles. Quando se trata de morte, porém, a Rússia continua a ser uma terra de grandes oportunidades: a injeção letal, aqui, seria baratíssima pelo dobro do preço. E não existe nada daquele blablablá de direito à vida, nada de políticos piedosos ou sacerdotes intrometidos, nada de multidões no tribunal berrando para todo mundo Deixe-me Viver.

Estou num asilo de imunodeficientes (o único desse tipo no país); para usar o acrônimo eufônico local, é para pessoas com SPID. Essa epidemia admitida, aliás, é de dimensões africanas. Daqui a algum tempo (não podem dizer quando) serei transferido para um quarto particular para tomar minha injeção. E fico pensando: quanto devo dar de gorjeta, e quando? Eu sei. Enquanto estou aqui reclamando. Enquanto fico fazendo esta cena: é a hora de agir. A injeção letal vai funcionar — não tenho dúvida disso. Mas não estou de maneira alguma persuadido de que a transição será indolor. Morfina é um extra, *e pedi dose dupla. Mas você tem razão: eu deveria ter ido a Oslo ou a Amsterdã e fazer o serviço na classe executiva, e não na econômica. Porém isso não me daria uma resposta. Eu vou morrer onde meu irmão morreu.*

Pode me chamar de literalista, mas só estou fazendo o que a Rússia está fazendo. E ela já tentou antes. A Rússia tentou matar-se na década de 1930, depois da primeira década de Iossif Vissariónovitch. Ele já era um cadáver dez vezes milionário ainda antes do Terror. Mas ele precisava que os russos continuassem a produzir russos. E eles pararam. Após o estarrecedor censo de 1936, o Estado pôs as máquinas emperradas para funcionar: uma ex-

plosão de jardins-de-infância, medalhas de maternidade, uma cerimônia de casamento com pompa renovada, a legalização da herança e a criminalização do aborto. Foi um ataque geral, abrangente; e o Estado deteve o processo. O que fará o Estado agora?

Quando os babilônicos levavam os judeus para o cativeiro, pediram-lhes que tocassem suas harpas. E os judeus responderam: "Vamos trabalhar para vocês, mas não vamos tocar". É o que estavam dizendo em 1936 e é o que estão dizendo agora. Vamos trabalhar para vocês, mas não vamos mais trepar para vocês. Não vamos continuar a fazer isso, produzir gente. Produzir gente para ser posta diante da indiferença do Estado. Não vamos tocar.

Ah, não estou sugerindo que ele está morto inteiramente — o intercurso sexual. Cerca de um terço dos espectros que ficam na sala de tevê aqui (ex-gente da ex-nação) pode alegar ter contraído a sua SPID por meios venéreos. E de que outro modo é possível explicar todos os preservativos usados que a gente vê pela rua? Existem sempre uns mais difíceis de morrer e mais duros na queda. Bem, olhe só os índices de sífilis entre as adolescentes — um aumento, nos últimos dez anos, de catorze mil por cento.

Não se pode esperar que eu, nesta idade, mude o meu jeito. Quero dizer, o meu fraco pela pedagogia. Você tem minha lista de leituras suplementares. São, na maior parte, memórias, você verá — memórias de escravos russos. Espero que você leia a escrita por Janusz, muito tempo depois, e em Iowa City. Às vezes se diz que esses livros são "irrepresentativos", porque todos derivam de um mesmo "estrato": os intelliguents. *Todos políticos; nenhuma cobra nem sanguessuga, nenhum brutamonte, nenhuma puta. Os autores são irrepresentativos também em outro aspecto: a sua integridade, parece, jamais esteve sob a menor ameaça. Eles viveram; e também amaram, eu creio. Stakhanovitas do espírito, buscadores e testemunhas "de choque", eles nem sequer odiaram.*

Nada disso era verdade para o meu irmão e para mim. E o ódio é um trabalho cansativo. A gente tem ódio de odiar — e passa a odiar o ódio.

Deixe-me lhe dizer o que foi que adorei no 4 de agosto de 1953, quando ficamos de braços dados. Quando nos erguemos e encaramos o Estado e o seu redemoinho de ferro. Eu havia atingido o fim da filosofia: eu sabia como morrer. E os homens não *sabem como fazer isso. Pode ser até que todos os cambaleantes esforços masculinos, os elevados e também os torpes, sejam gerados em razão dessa única incapacidade. Não se pede a nenhum outro animal que assuma uma atitude em relação à sua própria extinção. Isso é horrivelmente difícil para nós, e talvez se acredite que atenue nossa má fama generalizada... É preciso emoção em massa para saber como morrer. É preciso ser como todos os outros animais, andar junto com o rebanho. A ideologia nos dá emoção em massa, razão pela qual os russos sempre gostaram disso. Eu já falei um pouco a respeito da sua — sua ideologia: a ideologia de não ter nenhuma ideologia. Não é uma ideologia ruim, a sua; mas é uma ideologia. E é a única coisa que detecto em você que continua imperfeitamente livre.*

Só recebi uma visita. Ela trouxe frutas e flores: a pequena Lídia. Já não tão pequena, é verdade (o cepo eslavo de costume, com algo religioso, meio quacker, em sua massa), contudo fiquei animado ao ver como ela parecia vigorosa. Tem sessenta e poucos anos; e não esqueça que as mulheres russas vivem cerca de vinte e cinco por cento mais do que os homens russos (pegam todos os quatro quartos, e não só três quartos). Não contei para Lídia a razão exata pela qual estou aqui, mas ela entendeu que era a nossa última despedida. Perguntou se podia rezar por mim e respondi que tudo bem, na suposição de que provavelmente eu podia suportar. Enganei-me redondamente quanto a isso e quase logo depois comecei a gritar para que ela parasse. Não essa ideologia; eu não ia ficar ali parado vendo Lídia beijar a cruz russa. Ela pediu desculpas de um modo muito bonito, afagou minha testa e saiu do quarto. Sim, estou agora no quarto. O quarto fica no porão, com seus dois aquecedores e milhares de toalhas cor-de-rosa e azuis empilhadas em estrados de ripas de madeira e com cheiro de vinagre. Minha cunhada vai providenciar um outro engradado de madeira maciça e enviar para você o meu PC, carteira, óculos, relógio de pulso, aliança de casamento, nível de bolha e uma ou duas de minhas peças de roupa — uma gravata, um lenço. Dei para Lídia a navalha e o livreto de poemas.

Existe uma diferença de gênero final para a qual chamo a sua atenção, se me permitir. Prepare-se para boas notícias. Em 1953, descobri como morrer. E agora esqueci de novo. Mas uma coisa eu sei. As mulheres sabem morrer com delicadeza, como fez a sua mãe, como fez a minha mãe. Os homens sempre morrem atormentados. Por quê? No fim, os homens afastam-se do seu costume de uma vida inteira e passam a se recriminar com toda a severidade viril. As mulheres também se afastam de um costume e param de se recriminar. Elas perdoam. Nós não conseguimos fazer isso. E me refiro a todos os homens, não só aos velhos violadores, como eu — grandes pensadores, grandes espíritos, mesmo eles têm de fazer assim. A obra de quem fez o quê e para quem.

E qual era o problema entre mim e as mulheres? No avião, esta manhã, acionei o mecanismo de busca: "ciúme sexual retrospectivo". Um monte de páginas de sexo, e um monte de ciúme, e um monte de retrospectivas. Abri caminho através de alguns milhares de entradas — e por fim topei com um elegante ensaio da majestosa revista inglesa *Mente e Corpo*. Intitulava-se "Ciúme sexual retrospectivo e o homossexual reprimido". Aquele que convive com o CSR, sugere o ensaio, não está interessado nas mulhe-

res, mas sim nos homens. Em outras palavras, eu sou um cripto-veado. O que me leva a duvidar disso? O simples fato de que eu não teria me importado, muito, de ser veado, para começo de conversa. Tudo bem, eu não teria gostado, no campo, de pegar a minha colher e a minha pá e ir me juntar aos passivos, que comiam numa mesa à parte (e só podiam conversar entre si). Depois disso, porém, na cidade, se a gente não está mesmo criando filhos, qual é a diferença? Eu sei que você não ia ter uma opinião pior de mim por causa disso. Mas provavelmente é pior, no meu caso, porque eu era um veado para o meu irmão.

O que permanece em mim daquelas horas no hotel Rossia, talvez de forma surpreendente, é uma irredutível sensação de esterilidade. Nos últimos meses da guerra, quando estuprei de uniforme — estávamos, naquela altura, tão cheios de morte (e da destruição de tudo o que tínhamos e do que sabíamos) que o ato de amor, mesmo travestido, dava a sensação de um feitiço contra a sanha de matança. E seria possível povoar uma cidade de bom tamanho, agora, com os bastardos do exército de estupradores (população: um milhão). Muitas das mulheres grávidas, é claro, nunca deram à luz: foram mortas na hora pelos estupradores. Posso pelo menos dizer, de modo verdadeiro, que esse fenômeno estava e está além da minha compreensão.

E no hotel Rossia? O que fiz não teve nenhum sentido. Foi gratuito, foi depravado, e foi dedicado à propagação da desgraça, mas não foi sequer particularmente russo. Exceto talvez neste aspecto. Nenhum poder, nenhuma liberdade, nenhuma responsabilidade, jamais, em toda a nossa história. Isso atiça uma anarquia por dentro. Mas não — eu desisto. Falei, antes, que o estupro ajustou as contas comigo. Sua vingança não foi comensurável nem nada disso, mas foi completa, e dramaticamente rápida. Você já adivinhou? Perguntou ao fantasma da sua mãe? No hotel

Rossia, eu passei de sátiro a senil no intervalo de uma tarde. Já no dia seguinte, eu não conseguia nem lembrar o que é que eu gostava tanto nas mulheres e no corpo das mulheres. Agora lembrei. Ao longo dos últimos dias, lembrei.

Claro, seria bonito poder pôr a culpa no estupro, ou na guerra, ou no campo, ou no Estado. Francamente, às vezes acho que a morte de Artiom (a maneira como aconteceu), assim como a morte de Liev, transtornaram a minha sanidade. Naquele momento, quando o largo sorriso de amor dela tornou-se uma boca aberta de horror, provei uma decepção, Vênus, que vale por mil. Depois de tudo isso, pensei. E por tanto tempo a posse de Zóia me parecera uma espécie de direito. E eu não tinha sequer o direito de ficar ali no quarto. E agora, quando fecho os olhos, só consigo ver um assassino moribundo, implacável até o seu último alento, reunindo suas energias para uma última arremetida. Antigamente era uma suspeita e agora é uma convicção que talvez você já compartilhe: nos quatro ou cinco segundos entre o meu beijo e o despertar de Zóia, ela estava sonhando com Liev. Tinha de ser assim, para cristalizar o seu destino e o meu. Meu Deus, a Rússia é o país do pesadelo. E sempre o pesadelo do campo cercado. Sempre o pesadelo com mais talento que existe.

Deste sonho eu estou em vias de escapar. Eles vieram. Dois homens com roupas de passeio, com algo que parece uma caixa de ferramentas. Estou fumando um pouco, enquanto termino isto. E estou pronto. A qualquer momento, vou apertar a tecla ENVIAR... Vá, pequeno livro, vá, minha pequena tragédia. E vá também você, Vênus, entre nisto, com a sua boa dieta, o seu pródigo seguro de saúde, os seus dois diplomas, os seus idiomas estrangeiros, a sua propriedade e o seu capital. O luxo insano de poder pensar em você manteve-me vivo até agora, de todo modo. E, oh, meu coração, toda vez que você chamava pai, papai, paizinho, *oh, toda vez. Bem, filha, não seria correto pôr o ponto final num tom amargo. Não vamos nos render à tristeza que se supõe tão característica da planície da Eurásia do Norte, a terra dos clérigos desacreditados e dos boiardos de cenho franzido, dos dedos-duros, dos xenófobos, dos agentes secretos encharcados de suor. Una-se a mim, por favor, quando olho para o lado positivo. A Rússia está morrendo. E eu estou feliz.*

Agradecimentos

Devo muito a vários livros recentes.

Primeiro, o magistral *Gulag: A history*, de Anne Applebaum (Allen Lane, Doubleday). Construído de forma lúcida e elegante, escrito de modo simples e vigoroso, e sempre formulando as perguntas corretas, esta é a obra indispensável, ao lado de *Arquipélago Gulag*, de Soljenítsin, a respeito do fenômeno da escravidão soviética.

Com *Black Earth: Russia after the fall*, de Andrew Meier (HarperCollins), basta olhar para a foto do autor na orelha para saber o que nos aguarda: honestidade, coragem, argúcia, franqueza e (uma virtude decisiva, no caso) um jovial descuido com os detalhes. Este livro combina literatura de viagem e historiografia num nível extremamente elevado.

Natasha's dance: A cultural history of Russia, de Orlando Figes (Penguin, Metropolitan Books). Tenho um método informal de avaliar volumes desse tipo (729 pp.): olho quantas anotações fiz na última página (por exemplo, "39 — teatros e orquestras de servos... 552 — assassino de Nabókov pai"). A minha edição de *Natasha's dance* termina, de forma generosa, com dez páginas em branco. Precisei de todas elas.

Assim como o *Gulag*, de Anne Applebaum, *Stálin: A corte do czar vermelho*, de Simon Sebag Montefiore (Companhia das Letras), é, em parte, fruto de um trabalho heróico nos arquivos recém-abertos. Esse livro modifica a imagem que temos, e de modo perturbador. O autor é muito meticuloso e muito moral: mas não consegue evitar a aparição de um Stálin mais pessoalmente impressionante do que estávamos habitados a acreditar que era — mais complexo e mais inteligente. Stálin possuía certa dose de poesia política; tinha também, infelizmente, uma alma.

Ester and Ruzya, de Masha Gessen (Dial Press), tem um subtítulo informativo: *How my grandmother survived Hitler's war e Stalin peace* [Como minha avó sobreviveu à guerra de Hitler e à paz de Stálin]. As memórias da família são organizadas com muita fluência; mas a experiência da leitura é forçosamente áspera e lúgubre. Gessen é excelente ao mostrar como os sistemas de Estado vergam e comprimem os indivíduos em toda sorte de estranhos formatos. É também especialmente evocativa no mobiliário físico e na atmosfera mental da Moscou do pós-guerra.

Assim como *Surviving freedom: After the Gulag*, de Janusz Bardach (University of California Press). Num livro meu anterior (*Koba the Dead*), elogiei um livro anterior dele (*Man is wolf to man: Surviving Stalin's Gulag*); o dr. Bardach me escreveu e tivemos um breve contato nos meses que antecederam a sua morte. Conheci o historiador desertor Tibor Szamuely, que ficou preso em Vorkuta. Mas Tibor morreu trinta anos atrás. E foi Janusz Bardach que tomei como meu único vínculo humano com os fatos que descrevo em *Casa de Encontros*; e no meu esforço, enquanto o escrevia, fui amplamente amparado por seu fantasma.

E por outros fantasmas — Fiódor Dostoiévski, Joseph Conrad, Eugenia Ginzburg e pelo Tolstói da União Soviética, Vassíli Grossman.

ESTA OBRA FOI COMPOSTA EM ELECTRA PELO ESTÚDIO O.L.M. E IMPRESSA EM OFSETE PELA PROL EDITORA GRÁFICA SOBRE PAPEL PÓLEN SOFT DA SUZANO PAPEL E CELULOSE PARA A EDITORA SCHWARCZ EM MAIO DE 2007